너의 어제를 노래하며

광규, 승묘, 승재에게

너의
어제를
노래하며

최참치
소설

모두의책
Modu Publishers.

차 례

2003년 겨울,

진학문제

1

⸻

✳
◆
✕

잠에서 완전히 깨지 못했다. ……앞이 희미했다 ……하품이 나왔다 ……눈을 비비니 상황이 보였다. 아이들은 나가는 중이었고 선생님은 노트북을 덮었다. 영화는 다 봤을까? 다 보지 않아도 상관없다. 과학 선생이 틀어주는 영화는 언제나 재미없다.

인사는 생략한 채 나가라고 한 듯했다. 원래 그런 선생이니까. 아이들이 절반쯤 나갔을 때 종이 울렸다. 나는 침을 닦았다. 가져온 연습장과 필통을 챙겨 과학 실습실에서 나왔다.

아직도 잠기운에 머리가 어질어질했다. 두 시간은 잠만 잤고 나머지 시간에는 선생들이 틀어주는 영화랑 애니메이션을 봤다. 그리고 흥린공고와 계덕농고에서 나온 홍보를 들었다. 실업계 학교랑은 거리가 먼 녀석들이 관심을 보이기도 했다. 두발이 이렇다 저렇다, 머리를 길러도 된다네, 몇 센치네, 귀두머리네 하는 이야기도 있었다. 나는 홍보는 흘려 들으며 그림만 그렸다.

과학실 밖으로 나가니 찬바람이 들이닥쳤다. 옷깃을 여민 뒤 성큼성큼 계단과 복도를 뛰어 교실로 들어갔다. 그 와중에도 계속 하품했다. 예상은 했지만 이렇게 더 자주 놀 줄은 몰랐다. 작년에는 그나마 몇몇 선생들이 공부시켰는데 이번에는 거의 비디오만 보았다. 뭐라도 할 수 있어 자습이 더 좋았다. 그래도 내일 선생들은 자습을 시키는 선생들이니까 그림을 그리리라 기대했다.

교실에선 담임이 벌써 우리를 기다렸다. 생각해보니 과학시간이 마지막 시간이었다. 담임을 발견한 학생들이 잽싸게 자기 자리로 돌아갔다. 다 앉자 웅성거리는 교실을 가라앉히고는 담임이 말했다. 나는 들고 온 공책과 필통을 조심스레 집어넣었다.

"공부는 좀 하셨습니까."

그러자 반 전체를 대신하는 몇몇이 대답했다.

"네에."

담임은 다 알고 있다는 투로 말했다.

"거짓말하지 마세요, 맨날 비디오 본다는 거 아니까. 어쨌든 나름대로 공부하시고…… 오늘, 부모님 온다는 사람 손 좀 들어봐."

나를 포함한 절반 이상이 손을 들었다.

"내리구요. 오늘은 교실에서 학부모님들이랑 입학 상담을 해

너의 어제를 노래하며

야 하니까 깨끗이 청소하도록. 어느 분단에서 청소하지？"

역시 반 전체를 대신해서 대답하는 몇몇 애들이 대답했다.

"1분단이요."

"그래 1분단, 청소 깨끗이 하고. 반장."

반장이 일어났다.

"차렷, 선생님께 경례."

애들이 와르르 나갔다. 나도 그중 하나였다. 그러자 상진이가 나를 붙잡았다.

"야, 장태인, 기다렸다 같이 가, 같이 가기로 했잖아."

상진이는 앞 동 아파트에 살았다. 같이 가기로 했는데 졸린 탓인지 까먹었다. 상진이가 1분단이라 같이 가려면 청소 끝날 때까지 기다려야 했다. 평소라면 이리저리 딴짓하며 기다리는데 오늘은 유독 심하게 졸렸다.

"오늘만 먼저 가자야. 집에서 쉬고 싶어."

"가기로 했잖아, 같이 가자, 가자, 청소 금방 끝난단 말야."

상진이가 같이 가자고 매달렸지만 오늘만 부탁한다며 뿌리치고 나왔다.

집까지는 걸어서 20분 정도였다. 눈이 내릴 것 같은 어둡고 추운 날이었는데도 좀처럼 졸음이 깨질 않았다. 어제 세 시 반 정도에 잔 거 같다. 아니, 네 시? 밤을 새려고 했지만 자지 않으면 하루종일 졸릴 듯했다. 그래서 잤는데도 이랬다. 수업 시간에 엎드려 자기를 계산하고 잠들었는데도 잠이 끝없었다. 자면 잘수록 잠이 많아진다는 도덕 선생님의 말이 생각났다. 일단, 집에서 저녁에 자버리고 밤새 게임할 작정이었다. 그리고 학교에서 잔다. 만렙이 얼마 남지 않았다. 아이템이 후달리긴 하지만 만렙 찍고 난 뒤에 맞추면 된다. 오늘 하루만 더 뛰면 될 것 같은데. 그렇게 생각하니 빨리 자고 일어나 만렙을 찍고 싶었다. 아자토스가, 타차원의 탑에서 날 기다렸다.

집에 들어가자마자 발을 휘두르며 신발을 던지듯 벗었다. 방으로 들어가선 구석에다 가방을 처박았다. 교복도 벗지 않고 바닥에 이불을 깔고 누웠다. 몇 분만인지 몇 초만인지 모르게 잠들었다.

2

✳
◆
✕

일어나라며 동생이 깨운 때가 몇 시인지 알 수 없었다. 두 평이 안 되는 내 방은 시계가 없는데다, 겨울 저녁은 금세 어두워져 초저녁과 늦밤을 구분하기 힘들었다. 깊이 잠들다 깨는 바람에 동생을 살펴보는 데 시간이 걸렸다. 동생은 삥 뜯기는 조무래기처럼 질려 보였다.

"형, 형, 엄마가 빨리 일어나서 나오래."

"왜."

"잘 모르겠어. 아빠도 같이 있어. 얼른 나오래."

"아빠도?"

나는 서둘러 거실로 갔다. 아버지는 이삿짐센터 일을 하신다. 다른 일도 같이 하시지만 거기까진 알 수 없었다. 남을 못살게 굴면서 돈을 버는 켕기는 일은 아닌 듯했다. 그 정도만 알았다. 어쨌든 집에는 가끔 오셨고 그마저도 늦었다. 간혹 술에 취하시기도 했다. 멀쩡하게 오실 때에는 외식이나 푸짐한 용돈 등의 좋은 일이 뒤따랐지만, 그게 아니라면 혼날 때였다. 불안했다.

부모님이 TV를 등지고 앉아 계셨다. 어머니는 고개를 숙인 채 두 눈을 감고 한 손으로 이마를 짚었다. 한숨을 쉬신 것도 같았다. 어머니는 동생에게 방에 들어가 있으라고 말하셨다. 아버지는 내가 방에서 나와 앉을 때까지 쭉 화난 눈으로 보셨다. 그제야 깨달았다. 어머니가 오늘 학교에 다녀오셨다.

성적에 따른 진학 상담. 나는 내 성적을 직감했다. 삽시간에 쪼그라들었다. 집이 작아 거실도 작았고 부모님과 내가 앉은 자리 사이도 사람 두 명 간격이었다. 두 명 간격은 부담스러웠다. 나는 분위기와 성적에 눌려 무릎을 꿇었다. 고개를 푹 숙였다.

"장태인."

아버지가 말했다. 네, 대답했다.

"넌 나중에 뭐가 되고 싶은데?"

나는 말을 못하다 만화가라고 겨우 대답했다. 보지 않아도 아버지의 눈에 핏발이 서는 모습이 보였다. 중학교로 올라온 이후

론 매를 맞아본 적이 없었다. 어렸을 때 맞은 일도 거짓말을 하
거나 작은 물건을 훔치는 등, 부모님이 감정을 앞세워 때리기보
다 내가 잘못해서 맞았다. 하지만 이번에는 긴장이 팽팽해서 건
드리면 터져버릴 것 같았다. 매도 아닌 손바닥으로 후려 맞을 기
세였다. 두 사람의 간격이라면 충분했다. 무서웠다. 어머니는 소
리 없이 흐느끼는 듯하면서도 갑자기 걷잡아지지 않을까 긴장하
는 듯도 같았다.

"너," 하고 아버지는 말문이 막힌 듯했다. 잠시 가다듬고 억
센 억양으로 다시 말했다. "예고 간다고 그랬지. 저기 대전 변두
리에 있는 예고. 예고 간다고 그래서, 그래도 억지로 공부시키는
것보단 하고 싶은 거 시키는 게 나을 것 같아서, 엄마 아빠는 공
부했으면 좋겠지만, 그래도 뭐라고 안 했어. 내 말이 틀렸나."

아닙니다. 그 외엔 할 말이 없었다.

"근데 예고 떨어졌어. 그렇지? 예고 떨어지면 어떡한다 그랬
어. 너가 인문계 간다고 그랬어. 인문계 갈 성적 된다 그랬어. 그
치?"

"예."

갑자기 아버지가 내 쪽으로 들이대셨다.

"이 새끼가 말대답은 잘해! 예, 예라 그랬어? 성적을 이따위
로 받아놓고 예가 나와 예가?"

나는 움츠러들었다. 어머니가 말렸다. 때리진 않으셨다. 맞지 않았다. 차라리 맞아버릴까, 맞아버리면 덜 무서울까. 그럴지도 모른다.

"그만해요 애 놀래잖아요."

"지금 애 놀래는 게 문제야? 성적을 봐봐, 이따위 이걸 성적이라고 받아와? 인문계 갈 수 있다고? 너 니 성적 알고나 있냐? 응, 알고 있어? 몇 점이야? 대답해봐."

나는 아무 말도 못했다. 인문계로 가겠다고 말한 것은 내 성적을 추측했고, 추측한 성적으로 갈 수 있으리라 추측했을 뿐이었다. 성적을 신경 썼다고 믿고 싶었다. 성적을 신경 써도 이 정도였다고, 커트라인을 너무 늦게 알았다고, 성적을 관리하기엔 늦어버렸다고 말하고 싶었다. 변명하려면 변명도 될 것이다. 커트라인이 작년에 비해 높아졌다는 거짓말도 통할지 모른다. 어떻게든 최소한의 이유를 말할 수도 있었다. 그 생각들을 믿고 싶어지니 진짜 상황이 그런 것도 같았다. 난 할 만큼 하지 않았을까? 하지만 나는 아무 말도 못했다. 그게 스스로를 속이지 않는 솔직함이었다. 바닥 무늬가 어지러웠다. 그 무늬들이 내게 아득했다.

"이제 머리 쫌 굵어졌다고 대답하라는데 대답도 안 하는 거야? 대답해."

잘못했습니다, 나는 들릴 듯 말 듯 작게 말했다.

"니가 무슨 성적을 받았는지 알고나 있었냐?"

아닙니다, 아닙니다가 맴돌다 겨우 입에서 자그맣게 나왔다.

"맨날 밤새 게임이나 처하고 학교에서 자고, 공부하는 거 코빼기도 못 봤어. 그러니까 성적이 이 모양이지."

생각이 더뎌갔다. 바닥 무늬를 뚫어지게 쳐다봤다. 보지 않아도 그릴 수 있을 것 같았다. 어떻든 나는 할 말이 없었다. 마땅한 대답이 없었다.

"성적도 모르는 놈한테 어떻게 진로를 묻겠냐, 어떻게 진로를 물어, 응? 그따위로 할 거면 다 때려쳐. 만화고 학교고 뭐고 때려치워. 그리고 컴퓨터 한 번만 더 하면 부숴버릴 거야." 아버지의 기척을 느꼈다. 내 방을 보신 듯했다. "공부하라고 사줬더니 공부는 안 하고."

아버지는 이어 말했다. 슬쩍 한숨을 쉬셨다. 그렇게 한참을 계셨다. 어머니는 뭐라고 뭐라고 중얼거리셨다. 말 없음의 위압은 견디기 힘들었다. 다리에 쥐가 났지만 감히 움직이지 못했다. 시간이 지났다. 얼마나 지났지 알 수 없었다. 어머니가 말씀하려고 했다. 그 순간 아버지가 어머니를 막고 말했다.

"내일 어떻게 할 건지 선생님들하고 얘기해보고 생각해서 와. 아버지도 내일 집에 빨리 올 테니까. 와서 어떻게 할 건지 말해."

"네."

그 뒤 거실은 한동안 말이 없었다. 나는 대답을 기다리는 수밖에 없었다. 아버지가 말했다.

"니 방으로 들어가."

일어서서 방으로 들어가려고 했지만 일어서는 순간 쥐 난 다리 때문에 주저앉을 뻔했다. 잘 좀 하지. 서러운 침묵으로 일관하시던 어머니가 기어이 한 마디 터트리셨다. 나는 어머니의 말에 대답조차 못하고 절룩거렸다. 제대로 걸을 수 없는 모습마저 한심하게 보일까봐 최대한 자연스럽게 방으로 가려 했다.

방에서, 돌연 세상 누구보다 한심하게 만드는 패배감에 쩔쩔 맸다. 짜증이 솟구쳤고 화가 났지만 선생님 때문도 부모님 때문도 아니었다. 어쩌지? 갑자기 여러 생각들이 봇물 터졌다. 인문계로 못 가면? 만화는 그리고 싶어. 이 상황에서 또 그런 얘길 했다간 어떻게 될지 몰라. 아자토스는? 씨발, 이런 상황에서 게임이라니, 어차피 못 하잖아. 그래도 내가 캐릭터에 들인 시간과 돈이 얼만데. 선생님한테 물어보면 될까. 제 점수에 맞는 학교는 어디죠? 애들은 내가 예고 떨어지고 인문계 가는 걸로 아는데 씨발 뭐라고 하지. 쪽팔린데. 거실에서 부모님의 대화가 들렸다. 학원이라도 보낼 걸 그랬어요. 학원에 가도 나아지겠어? 대학 보낼 돈 모으기도 빠듯한데. 그래도 학원 보냈으면 지금처럼은 안 그랬겠죠. 이제 와서 그런 말이 무슨 소용이겠어? 나는 피멍이 들 때까지 맨 벽이라도 때리고 싶었다.

너의 어제를 노래하며

채연이는 어디로 갈까. 외고? 전에 만났을 때 외고로 가면 다른 애들에 비해 뒤처질 것 같다 말했다. 그래도 꼬박꼬박 전교 10등 안에는 드는 애니까 최소한 인문계로는 가겠지. 아 씨발 왜? 하필 필기에서 떨어져가지고. 실기에서 떨어지면 덜 억울하지. 다 떨어진다는 실기에서 붙고 개나 소나 붙는다는 필기에서 떨어져버리니. 씨발 거지같은, 재수 하고는, 왜 나만 떨어지지? 아— 며칠 전부터, 아니 하루라도 봐뒀으면.

불을 끄고 잠들려고 했으나 아까 자버린 덕에 잠이 오지 않았다. 내가 아무것도 할 수 없는지 아무것도 하고 싶지 않은지 알 수 없었다. 가방에서 연습장을 꺼내고서 닥치는 대로 그렸다. 어디선가 나온 것 같지만 그뿐이며 나오지 않은 캐릭터를 그렸다. 초점이 흐릿한 눈을 그렸다. 또 모호한 동작을, 결국 알 수 없는 것을 펜이 이끄는 대로 그렸을 뿐이다. 이제 와서 그림 그리기를 버릴 수는 없었다. 다른 것을 시작해볼까? 하지만 다른 것들은 관심 없었고 억지로 할 자신도 없었다. 공부나 운동, 아무것도 자신 없었다. 그림을 버리면, 아무 것도 남지 않았다.

나는 지쳐 졸릴 때까지 그렸다. 그러다 어느 순간, 불을 끄고 잠들었다.

3

＊
◆
✕

 일찍 저절로 눈 떠졌다. 느긋하게 준비하고 등교해도 시간이 남았다. 집안은 냉랭했다. 아버지는 보기 드물게 가족과 함께 아침을 드셨다. 그렇지만 하신 말이라곤 "학교 가서 자세히 알아보고 와." 뿐이었다. 그리곤 "컴퓨터는 내일부터 거실에 들여놓을 거야. 한 시간만 해. 아홉 시에서 열 시까지야. 다른 시간에 걸리기만 해봐, 컴퓨터고 뭐고 없어." 라는 통보였다. 나는 무거운 마음으로 알겠다고 했다.

 등굣길에 상진이랑 만났다. 상진이가 걱정했다.

 "너네 어머니 어제 괜찮았어 ? 학교 끝나고 오셨는데 선생님이랑 얘기하더니 우시더라."

나는 어머니가 우셨다는 말에 조금 놀랐다. 내 성적이 어머니를 울릴 정도로 낮은가, 그 정도로 성적이 안 되는가, 성적이란 것이 어머니를 울릴 정도로 중요한가, 생각이 들었다.

"그래서 어제 혼났어."

"그 정도로 성적이," 상진이는 슬쩍 내 눈치를 봤다.

"안 좋았던 거야?"

"나도 잘 몰라. 그런 것 같아."

"인문계 갈 수 있겠어?"

"자세히는 모르겠는데 힘들 것 같기도 하고."

나는 애매하게 돌렸다. 마음속으로는 인문계로 가기를 거의 포기한 거나 다름없었다. 결과는 나왔고 더 이상 어쩔 수 없다. 가기 어려운, 아니 거의 못 가는 성적임을 선생님이나 부모님이 아는데 내가 어쩔 수 있을까.

"고등학교 어디든 붙잡고 하면 될 거야. 그렇게 해서 되던 사람도 있던데. 어차피 대학만 잘 가면 되잖아."

상진이는 위로랍시고 말했지만 위로가 되진 못했다. 그래, 하며 상진이의 말을 넘겼다. 어머니가 우셨다는 소식이 마음에 걸렸다.

학교도 원서를 넣을 시기라 애들이 얘기가 많았다. 어디 학교가 좋다 나쁘다, 집 가까운 데로 쓸 거다 아니다 말이 많았다. 고등학교들이 평준화되었지만 과거에 남았던 학벌이 여전히 남아 있었다. 그게 학교의 평판과 수준을 갈랐고, 거긴 아직도 명문이네, 스카이를 몇 명 보냈네 말하는 근거로 사용했다. 또, 어디 학교는 학벌보다 다른 면면이 좋다 나쁘다 말하기도 했다.

개중 몇 명은 혼자 치열해져서 어디로 가야하는지 말아야 하는지 심각하게 떠들었다. 몇몇 주워들었던 나도 끼려면 낄 수 있었지만 허튼 짓이었다. 다만 실업계 이야기가 나오면 귀 기울여 들었다. 그러나 걔네나 나나 아는 정보가 거기서 거기라 도움이 되진 않았다. 실업계의 순위도 순위지만 누가 실업계로 간다더라 하는 얘기에 동지가 늘어난 마음이라 조금 위로 받을 뿐이었다.

인문계가 그렇듯 실업계도 급이 있다. 상흥기계고는 인문계 점수나 그보다 살짝 높은 140대 후반의 점수가 커트라인이다. 태경공고는 130대 후반. 그래도 여기까지는 실업계 중에서도 그나마 괜찮다고들 하는 곳이었고 그 아래 계덕농고나 흥린공고, 이런 데는 애들이 학교에 대한 미안한 기색도 없이 꼴통이니 막장이니 하며 불렀다. 남녀 공학인 자양생명고는 둘이 들어가면 셋이 나온다나 뭐라나.

실업계 원서 접수는 인문계보다 빠르다. 기한이 이번 주까지라고 했다. 실업계 써서 합격하면 인문계 학교로는 가지 못한다.

인문계 학교 썼다가 떨어지면 그냥 붕 떠버린다. 최악의 경우엔 고등학교를 다니지 못하는 수도 있다. 비평준화 같은 예외가 있긴 하지만 거긴 정말 예외다.

개중에는 인문계가 무슨 소용이냐는 녀석도 있었다. 하고 싶은 것을 하면 된다고, 억지로 공부할 필요 없고 하고 싶지도 않다 했다. 하지만 그렇게 말한 녀석 치고 공부 못 한 놈 못 봤고 실업계 원서 쓴다고 하는 녀석은 더더욱 보지 못했다. 차라리 입을 다물지. 그런 녀석들은 가증스러웠다.

중학 생활의 마지막 시험도 끝났고, 우리를 평가하는 과정도 끝나버렸으니 이제는 널널했다. 비디오를 보거나 자유 시간이었다. 두세 과목만 끝까지 가르치려고 했지만 집중해서 공부하려는 애는 거의 없었다. 수학의 정석을 들고 자습하는 녀석들 몇 명 정도. 그중엔 상진이도 있었다.

대체로 떠들며 놀았다. 책을 보고 잡담을 하며 핸드폰이나 MP3, 자기가 가진 걸로 무언가를 듣거나 보았다. 어딜 가나 그렇지만 같은 반이라도 친하거나 서로 맞는 애들끼리 무리가 나뉜다. 그 무리가 뭉쳐서 행동한다. 운동신경이 좋은 애들을 주축으로 하는 노는 애들, 게임 얘기만 하는 애들, 애니메이션이나 만화책 얘기, 미연시 등의 공통분모로 뭉친 무리도 있었다. 무리는, 자신이 아는 것을 나누고 더하며, 같이 밥을 먹어 결속을 돈독히 하며 가끔은 화장실도 같이 갔다. 어쨌든 지퍼만 내리면 못

쌀 것도 없으니까.

어느 무리든 그 가운데 공부를 잘하는 애가 있고 못 하는 애가 있다. 뭔가 하나가 다른 애들보다 나은 녀석이 있고 눈에 띄지 않는 녀석도 있다. 어딜 가도 그렇듯 어떤 무리에도 속하지 않은 애들도 있다. 조용한 카리스마를 뿜는 그런 녀석은 무시하지 못하는 법이다. 나로 말할 것 같으면 게임 얘기도 했다가 만화 얘기도 하는 등 넘나들었다. 나는 어느 무리에도 강렬한 유대는 느끼지 못했다. 많이 친해봤자 상진이 정도.

2교시는 도덕 시간이었다. 온라인 게임 하는 녀석들이 나라 이름으로 빙고를 하다가 시끄럽다고 혼났다. 대영이가 고구려도 나라 이름이라고 우겼다가 목소리가 커졌기 때문이다. 역시 좀 특이한 새끼는 어쩔 수 없다.

3교시엔 송찬진이 공부시키려는 국어 선생에게 개기다가 결국엔 엎드려뻗쳐 당구 큐대로 맞았다. 원래 조용조용한 선생이었는데 이번엔 빡돌았는지 절연 테이프로 감아놓은 수학 선생의 당구 큐대를 빌려 송찬진의 엉덩이를 패댔다.

송찬진은 애들이 보고 싶어 한다고 비디오를 보자고 했다. 국어 선생은 평소에도 애들에게 약간씩 휘둘려 만만한 인상이어서인지 송찬진이 끝까지 덤볐다. 평소에도 싸움이네 뭐네 나대긴했다. 국어 선생은 송찬진을 그냥 넘어가고 끝까지 수업으로 일관했다. 그런데 송찬진이 씨발 씨발 거리며 다 들리게 구시렁거리자 국어 선생을 확 돌아버렸다.

버티다 무너진 송찬진을 국어 선생은, 다시 엎드리게 시켜서 패버렸다. 애들한테 싫은 소리를 거의 하지 않는 선생이었다. 그런데 욕을 듣자마자 빡쳐서 개 패듯이 패버리는 모습을 보니 애들이 전부 조용해졌다. 신고 할거면 하라고 국어 선생이 으름장을 놨지만 신고 할 녀석은 아무도 없었다. 우리도 송찬진이 싫기는 했다.

4교시는 흥린공고 선생이 우리 반으로 와서 학교를 홍보했다. 잘 사람은 자도 돼요, 라는 그 선생의 말대로 자고 싶은 사람은 엎드려 잤지만 나는 흥린공고 선생의 얘기를 귀담아 들었다. 어제라면 나도 잤을 텐데.

물론 우리 학교에 대한 이야기는 우리도 알고 있습니다. 그 선생은 말했다. 그 소문이 틀렸다고는 하지 않겠습니다만, 전부 들어맞는 것 역시 아닙니다. 그러고선 그 선생은 다른 애들과 노는 대신 열심히 공부해 LG에 입사했다는 제자 이야기를 해줬다. 인문계 가서 꼴찌 할 바엔 차라리 마음을 다잡고 실업계로 오세요. 잘 생각하셔야 합니다, 여러분의 인생이 갈릴 수도 있는 문제니까요.

나는 솔직했던 그 선생에게 호감 갔지만 다른 녀석들은 그렇지 않은 모양이었다. 사실 홍보를 하는 모습이, 이렇게라도 하지 않으면 학생들이 오지 않는다는 학교 측의 절박 같았다. 우리 학교는 학생들이 오지 않고, 와도 형편없는 녀석이 옵니다. 내가 이런 학교의 선생입니다, 여러분이라도 와주세요 하는 모양새로 말이다.

성적 낮은 녀석들이 하나 둘 질문했고 선생이 대답했다. 머리는 어디까지 길러도 되나요? 하는 이야기였다. 질답이 끝날 즈음에 4교시가 끝났다. 상진이랑 밥 먹으러 가려는데 갑자기 선생님이 와서,

"장태인. 밥 먹고 교무실로 찾아와."

한 마디 던지시고는 슥 갔다.

"무슨 일로 부르는 거지?"

"잘 모르겠는데. 어제 엄마 온 것 때문에 그런가."

그런가 보다 하고 상진이랑 나는 식당으로 향했다. 중심 반찬은 맵게 볶은 닭고기였다. 붉게 기름지긴 했는데 매운맛도 짠맛도 없는 고기 맛이었다. 중심 반찬은 한 끼의 질 자체다. 중심 반찬이 형편없으면, 그러니까 고기가 나오지 않으면 그날 점심은 망했다고 보았다. 남기고 버려 난리도 아니다. 지금 먹는 점심 식단은 계란말이와 볶은 닭고기, 김치랑 콩나물국이었다. 부자가 나란히 반찬 신세가 되어버린 조류의 비극이었다. 애초부터 살점이 거의 없어 뼈밖에 없던 닭다리와 뻘건 양념 국물을 먹으며 상진이가 얘기했다.

너의 어제를 노래하며

"5교시엔 태경공고에서 홍보하러 온대."

"그래? 상흥기계고는 안 오나?"

"걔내야 홍보할 필요가 있나. 다들 알아서 가잖아."

"뭐 그렇긴 한데. 태경공고는……"

"원래 안 오려고 했었대. 별말 않고 그냥 갈 거라고 하던걸?"

"아 그래?"

아무래도 추측하기로 내 성적은 태경공고 커트라인쯤 되지 않을까 했다.

"너는 어디 갈 겨?"

내가 물었다.

"그냥 가까운 데 갈까 생각중이야."

"대평고?"

"어, 거기."

대평고는 우리 집 근처 고등학생들이 많이 가는 고등학교였다. 학교 급수를 따지자면 인문계 학교들 중 중간 정도였다.

"너 성적 꽤 좋잖아."

"북전고랑 우창, 그런 데도 갈 수 있을 것 같긴 한데 멀기도 하고. 걸어서 갈 수 있는 데가 나을 것 같더라구."

북전고는 대전 시내에서 조금만 샛길로 들어가면 나오는 고등
학교, 우창고는 북전고보다 시내에서 조금 더 가야했다. 그 둘이
인문계 중에선 예전부터 알아주었다.

"그건 그래. 뭐 거기 가서도 잘하면 되니까. 근데 너 외고 정도
도 갈 수 있잖아."

"거기까진 무리고. 거기 가봐도 내가 꼴찌 할걸. 그런 데 가서
뭐하냐."

나는 대답 대신 고개를 끄덕였다. 상진이가 물었다.

"채연이는 어떡한대? 어디로 간다는 겨."

채연이는 내 여자 친구다. 마지막 기말고사 때 전교 3등을 했
었다.

"그냥 인문계 갈까 하던데."

"인문계? 왜? 그런 애가 외고, 이런 델 가야지."

"지가 알아서 하겠지. 나도 잘 몰라, 주말에 만나면 말하겠지."

"주말에 만나는 겨?"

"어, 이번 주말."

"공부 끝났으면 시간 좀 남겠네."

"몰라. 걔 학원 때문에 시간 없을지도 몰라."

그 뒤 상진이랑 나는 열심히 밥만 먹었다.

교무실 문을 열고 들어가니 담임 선생님이 앉아서 뭔가를 유심히 봤다. 선생님에게 다가가니, 그게 내 성적표란 걸 알았다. 선생님이 고개 돌려 나를 올려 보았다.

"어, 태인아. 어제 어머님한테 얘기 들었니?"

"네."

나는 말끝을 흐렸다. 어머니보단 아버지한테 들은 게 맞지만, 굳이 할 필요 없는 말이었다. 선생님은 내게 유래 없이 친절했다.

"니 내신이 지금 137점이야. 조금만 관리하면 좋을 텐데 예고 간다고 신경을 안 썼더니 이러네. 공부를 좀 했으면 좋을 텐데. 나도 니 실력을 믿고 아무 말도 안 했는데 좀 속상하다. 예고도 실기 붙어서 다 된 건 줄 알았는데 그 필기에서 떨어지니. 지금 니 점수에서 인문계 원서를 쓸 수도 있긴 한데, 위험 부담이 너무 커. 무슨 말인지 알지."

137점. 이제야 내 점수를 알았다.

"네."

"비평준화는 어때?"

비평준화는 가고 싶지 않다. 선생이 내 내색을 알아차렸다.

"비평준화보다 실업계로 가는 애들이 많지. 인문계 충분히 갈수 있는데도 그리로 가고. 실업계도 괜찮은 곳은 괜찮으니까. 상흥기계고는 커트라인 낮은 과로 쓰면 갈 수 있을 거야. 대충 145정도 하니까. 태경공고는 커트라인이 좀 높아지긴 했지만 거의원하는 과 다 갈 수 있을 거고."

선생님은 내가 실업계 학교로 가리라 여겼다. 그래서 위로 차원에서 인문계랑 같은 급으로 놓으려고 한다는 걸 알았다. 못 가는 게 아니라 안 가는 거다, 정도의 위로 차원이다. 하지만 충분히 인문계로 갈 수 있는데도 실업계로 가려고 하면 일단은 말릴것이다. 우리 반의 은광이가 그랬다. 하지만 선생님의 속마음 때문에 열 받거나 하진 않았다. 우선은 내 앞길이 급했다.

"태인아, 너네 집에선 니 점수를 잘 모르더라구. 어머니도 그것 땜에 많이 놀라신 것 같은데, 잘 말해드려. 지금 성적이 어떻고 어디로 갈지. 가장 중요한 건 네 생각이야. 집에서 상의해보고 이번 주 안으로 결정해야 해. 원서 접수가 있으니까."

네. 다른 곳을 바라보며 고개를 끄덕였다. 선생님과의 이야기는 끝났다. 나는 교실로 돌아갔다. 교실엔 애들이 많았다. 날이추워서 다들 교실 안에 있었다. 애들은 원서 접수 때문에 이런저런 이야기를 나눴다. 대부분 인문계로 갈 녀석들이었는데, 서로어디를 쓸지, 비슷한 녀석이 어딜 쓰면 나도 같이 쓸까, 더 높은곳도 되지 않을까 하는 탐색이 오갔다. 그와중에 두드러진 한 녀석 목소리가 들렸다.

너의 어제를 노래하며

"실업계 안 갈 거야. 안 갈 자신 있다니까."

하며 확실한 투로 말하는 녀석은 문건규였다. 녀석은 노는 애들 중에서도 엉뚱한 생각으로 황당한 말을 뱉는 녀석이었다. 이를테면 이런 식으로. 핑클 중에 누가 제일 예뻐? 물으면 노래는 유진이 잘 부르지, 라고 말하는 식이다. 이진? 물으면 당당하게 유진이라고 '유'를 강조해서 말하는 녀석이었다. 주위에서는 선천적인 똘끼가 있다고들 했다. 성적은 중하위권으로 나랑 비슷했다.

"인문계에 빽 있냐? 어떻게 갈 건데, 성적이 간당간당한데."

"원서 넣으면 거의 붙어. 원래 그렇다니까. 한두 명 정도는 그렇게 받아줘."

같은 무리의 애들이 코웃음 쳤다.

"씹새끼 지랄하네, 너만 그렇게 생각하는 줄 아냐? 다들 그래 임마. 병신아 그때 우리보고 안 말렸다고 나중에 뭐라 하지 마라."

절대 붙는다고 바락바락 우기다 종이 울렸다. 내가 봤을 때도 힘들었다. 원래 저 녀석은 인문계로 가고 싶어 했다. 그래서 그런 게 아닐까 생각이 들었다.

5교시엔 낯선 사람이 들어왔다. 낯선 사람이 등장해서 교실이 아까보다 조용해졌다. 생각해보니 태경공고 선생이었다. 표정

없음이 인상적이었는데, 그 무표정에 학생을 최대한 모아보겠다는 간절함은 없었다.

"나는 태경공고에서 온 유창식 선생입니다. 반갑습니다."

유창식 선생은 그러고선 자기가 가져온 노트북에 선을 연결하곤 대뜸 동영상을 틀었다. 태경공고 홍보 영상이었다.

태경공고는 30년 역사의…… 역사와 전통의 명문으로 다재다능한 기능인을 배출하고…… 취업과 진학의 선두를 달리는…… 어쩌구 저쩌구. 말 그대로 이것저것 꾸미고 소개한 홍보 영상이었다. 화면이 뒤집어지고 학생들이 파이팅을 외치고 선생들은 학생 옆에서 지도해주는 상식적이고 흔한 구도였다. 그 와중에 내 눈길을 끄는 건 건축 디자인과였다. 그림 그리기와 연관 있어 보이는 이유 때문이었다.

"네, 학교 소개는 여기까지입니다. 학교에 대한 정보는 굳이 말하지 않더라도 다들 알고 있을 것입니다. 뉴스로도 나왔고, 여기저기서 들릴 테니. 뭐 질문 없습니까?"

선생은 홍보에 성의가 없었지만 나는 집중해서 볼 수밖에 없었다. 건규가 손들었다. 주위에서 저 새끼 아까 인문계 간다고 난리치더니 뭐냐는 반응이 터졌다.

"말해보세요."

"거기 두발 제한이 어떻죠?"

"짧고 단정한 머리입니다. 스포츠보다 약간 긴? 왜요, 자세하게 알려줄까요."

"아뇨."

건규가 말했다. 건규는 곧 시무룩해졌다.

"저희 학교가 담배, 두발, 이런 건 좀 단속합니다. 특히 담배."

교실은 누가 뭐라는 것도 아니었는데 조용했다. 선생의 일방적인 분위기에 눌려서였다.

"상홍기계고도 국립이라서 학비도 싸고 많은 혜택이 있지만, 태경공고는 운만 좋으면 거저 장학금을 먹으니까 오히려 낫지 뒤처질 게 없죠. 진학이랑 취업도 마찬가지고. 재단도 크고 시설도 좋고. 타 지역에서도 좋다고 오기도 하는데. 다들 태경공고가 어떤지는 알지 않나?"

몇몇 애들이 네, 라며 작게 대답했다.

"우리 학교 좋은 곳입니다. 인문계가서 빌빌댈 바에야 우리 학교로 오세요."

태경공고 선생은 거기까지 말하곤 다른 반으로 가보겠다며 나갔다. 반이 웅성웅성했다. 원래 와야 할 미술 선생이 와서 애들을 조용히 시킨 뒤 자습하라고 했다.

쉬는 시간이 되자 반이 다시 활기를 찾았다. 몇몇 애들은 아까

나온 태경공고에 대해 얘기했다. "그 선생 좀 재수 없지?"라고
말하는 녀석도 있었다. 그보다는 갈까 말까 혹하는 녀석들이 조
금 더 많았다. 나는 마음속으로 태경공고를 이리저리 재고 또 재
며 몇 번이나 생각했고, 상상했다. 저길 간다면 뭘 하지?

6교시는 수업이 아니라 또 다른 학교에서 홍보 나온 걸로 대
신했다. 선생은 한 20분쯤 늦게 왔다. 의외로 실업계고가 아닌
인문계고였는데 근처 대학교의 부설 고등학교였다. 영일대학교
를 따라 영일고였다. 생긴 지 얼마 안 된 고등학교였다. 마지막
교시라 다들 늘어졌는데도 애들에게 졸지 말고 들어달라고 부
탁했다. 오히려 태경공고보다 적극적이었다. 생긴 지 얼마 안 돼
적극적으로 밀어주려고 한다는 내용이었다. 하지만 대학교가 영
별 볼 일 없기 때문에 고등학교도 마찬가지 취급이었다. 저희가
교복이 이쁩니다, 이건 덤으로 붙은 홍보였다.

홍보 마지막에, 학교에 대해 궁금한 점을 물어보라고 했다. 건
규가 손들었다. 원래 그런지는 모르겠지만 초등학교 때부터 손
들어 얘기하려는 녀석은 그만큼 야유 받았다. 하지만 이번에는
나대는 이유와는 다른 이유로, 무수한 야유가 나왔다.

"네, 거기 학생. 말씀해보세요."

"제가 그, 인문계엔 꼭 가고 싶은데ㅡ 성적이 조금 낮아서요.
혹시 갈 수 있을까요."

건규는 조금, 의 발음에 간격을 두어 강조했다.

선생이 쾌재의 미소를 지었다.

"학생 이름이 뭐죠?"

"문건규요."

그러자 그 선생은 수첩에다 건규의 이름을 적었다.

"걱정하지 마세요. 학생은 내가 책임지고 꼭 붙게 해줄 테니."

그러자 건규도 고맙습니다, 하고 실실 웃었다. 진짜 되나? 저 선생이 뭔데? 라는 생각에 나는 선생의 확답을 반신반의했다. 건규의 질문을 마지막으로 학교 홍보 시간이 끝났다. 홍보하러 온 선생은 다른 반으로 갔다. 떠들 새도 없이 바로 담임선생님 이 왔다.

"일찍 끝내 줄 테니까 조용히 해봐."

일찍 끝낸다는 말에 우리 반은 쉽게 조용해졌다.

"원래 오늘까지 실업계 원서를 다 쓰려고 했는데 못 했어. 아 직 부모님이랑 얘기 못 한 사람은 내일까지 꼭 하도록. 아, 물론 어제 얘기 다 된 사람은 오늘 얘기해도 좋아. 종례 끝나고 올 사 람은 오도록. 선생님 교무실에 있을 테니까."

선생님의 눈이 나랑 몇 번 마주쳤다. 무슨 의미인지는 알았다.

수업을 마치고 상진이랑 집으로 향했다. 상진이가 닭꼬치를 사줬다. 돈 있는 사람이 내고, 둘 다 있을 땐 알아서 사 먹는다.

그런데 오늘은 돈이 없었다. 평소에 뭘 사줄 때 아 이거 비싼 건데 하면서 생색내던 상진이가 오늘은 군말 없었다. 닭꼬치를 든 손이 너무 시려서 얼른 먹고 주머니에 넣었다. 상진이가 물었다.

"어떻게 하려고 그러는데?"

"태경공고가 괜찮은 것 같아."

"실업계는 내일까지 접수잖아."

"생각은 해뒀어."

"집에다가 뭐라 말할 건데?"

"인문계 어려울 것 같다고 해야지…… 태경공고로 가서 잘하겠다고."

"태경공고 가게? 상홍 가지 그냥."

"그리는 거랑 연관 없어서 그냥 거기 가려구. 모르겠다, 아우. 인문계 가고 싶은데."

"영일고 어때? 갈 수 있을 것 같은데."

"몰라. 위험 부담이 있잖아. 건규 그 새끼도 그 짓 하다 떨어지면 망하는데."

"손 계속 들어. 그 새끼는 실업계 안 간다고 해놓고 막 들어."
우리는 건규 이야기가 나오자 마구 웃었다.

"존나 깝쳐 병신이." 나도 웃느라 정신없었다. "아 존나. 아하하하 그러다 떨어지면 존나 웃기겠다."

우리는 한동안 건규 이야기로 재밌게 가다가 다시 진학 이야기로 돌아왔다. 상진이가 물었다.

"무슨 과로 가려고?"

"건축 디자인과가 나아보이던데."

"취업할 거야 진학할 거야?"

"진학해야지. 다들 대학교는 나오고 보던데. 모르겠다. 대학 어디가나……." 대전에 있는 사립대 이름이 왔다 갔다 했다. "잘하면 충남대 갈 수 있다는데."

"충대 정도면 잘 간 거지. 인문계도 충대 가면 잘 간 건데."

"그런가. 근데 모르겠어. 아직 대학 모르겠어. 갈까 말까 그런 것도 있고."

"일단 고등학교부터 정해야지."

나는 조금 막막해졌다.

"그래야지."

상진이가 아쉬운 티를 냈다.

"학교 달라지면 자주 못 보겠네. 나는 일찍 나갈 거고, 같이 오지도 못 할 거고. 학교에서 공부시키면 방법이 없네."

방법이 없네, 이 말은 요즘 우리 사이에서 자주 나오는 유행어였다. 유행어를 듣고 실실 웃었다.

"아 진짜 방법이 없네. 너 요즘 무슨 게임 하냐?"

"스팀 기어. 만렙 찍고 요즘엔 가끔만 해."

상진이도 게임을 하지 않는 건 아니다. 레벨도 제법 높았다. 내가 도와주기도 했지만. 내가 물었다.

"나도 얘기만 들었는데. 재밌냐?"

"그럭저럭 할 만해."

그러고선 우린 다시 게임 얘기로 넘어갔다. 게임, 오늘 2, 3교시 얘기를 오갔다. 송찬진이 존나 깝친다는 얘기, 그래서 그 지랄로 맞았다는 얘기, 그 새끼도 병신, 저 새끼도 병신, 그런 얘기들이었다. 그러다 보니 어느새 집 근처였다. 집 근처 도서관을 지나는데 갑자기 흥미가 일어서 도서관에 대해 이것저것 물었다. 그러다보니 집이었다. 상진이는 내게 잘해보라고 하며 헤어졌다.

집 구조가 예전과 달랐다. 컴퓨터가 정말로 거실에 있었다. 그걸 또 동생이 하는 중이었다. 지우지 못한 야동이며 망가며 야애니며 이것저것 생각났다. 동생이며 부모님이며 다들 컴퓨터를 잘 다루지 못했다. 하지만 혹시나 해서 숨겨두었고, 숨겨두어도

너의 어제를 노래하며

불안했다.

모니터를 보던 동생이 날 향해 돌아봤다.

"형, 컴퓨터에 왜 이렇게 용량이 없어?"

"아 그거 바이러스인데, 아직 치료 못 했어. 얼른 할게."

동생은 별다른 의심 없이 순진하게 대답했다.

"얼른 해, 게임 못 깔잖아."

"오늘 할게. 컴퓨터에 이것저것 막 깔지 마, 못 쓰니까."

"알았어."

대충 둘러대고선 내 방으로 들어갔다.

막상 거실에 있는 컴퓨터를 보니 억울하기도 하고 짜증도 났다. 컴퓨터가 없으니 내 방이 허전했다. 할 게 없었다. 사실은, 할 게 없다는 기분뿐이지만. 다른 걸 건드리는기는 쉽지 않았다. 컴퓨터를 하는 데 비해 엄청난 각오와 마음의 준비가 필요했다.

아버지는 저녁 먹을 즈음에 오셨다. 어제보단 많이 풀린 분위기에서 같이 식사했다. 저녁 후 아버지랑 어머니가 따로 날 불렀다. 어머니가 물었다.

"선생님하고 얘기는 해봤니."

"네."

"인문계 갈 수 있겠다고 하시든."

"아뇨……."

"빨리 원서 내라고 하시지?"

"네."

나는 확실한 대답마저 자신 없었다. 부모님이 말이 없었다. 어떻게 해야 할까, 상황을 반전시킬 계획보단 어쩔 수 없음을 받아들이려는 노력이었다. 나는 부모님이 먼저 입을 뗄 때까지 기다렸다. 아버지가 겨우 입을 여셨다.

"그래서 다른 곳 생각해둔 곳은 있고."

나는 침을 한 번 삼켰다. 오늘 알아봤는데……로 겨우 운을 뗐다.

부모님에겐, 신경도 쓰지 않았던 TV 홍보 내용들을 학교 고르는 데 중요하게 조건으로 따져본척 설명했다. 요즘엔 실업계에 대한 대우가 좋은 편이다. 시설 괜찮고, 장학금도 받을 수 있고, 진학도 좋고. 동영상에서 봤던 내용을 말했다. 성적에서 갈 수 있는 가장 좋은 곳이다. 그림과도 연관 있다. 부모님을 설득하며 나 자신에게 이 상황을 받아들이도록 스스로에게 하는 말이기도 했다.

"잘 할 수 있겠어?"

어머니가 물었다. 어머니는 나를 보지 않으신 채 고개를 돌려 한숨 쉬셨다.

"네." 나는 대답했다. 뒤이어 "잘할게요."라고 말했다. 성적이라는 결과 때문에 부모님이 나를 불신했다. 그 불신 때문에 이제 와서 그런 말을 하냐고 도리어 혼날 거 같았다. 하지만 말하고 싶었다. 기어이 터진 다짐처럼, 말이 나왔다. 이 뻔한 대답을, 아버지랑 어머니는 깊이 생각했다. 믿음을 주지 못했던 모습에서 돌연 결연한 대답을 들으니 또 속고 싶어 하시는 거 같았다.

"잘할 수 있겠어?"

아버지가 물었다.

네, 나는 대답했다.

"거기로 가야 한다면 갈 수밖에 없겠지." 하고 싶은 말과 하지 못한 말을 추리고 아버지가 말했다. 아버지가 한숨 쉬었다. "그래야지. 가서 잘해야지. 잘해야 해. 나쁜 애들과 어울리지 말고."

"안 어울릴게요."

"너가 막 행실이 나쁘고 그러진 않은데. 공부를 안 할 뿐이지. 또 공부 안 하고 게임하면 다른 친척네로 보내든지 해버릴 거다. 이젠 실망하지 않게 해야지. 그림을 그리든 공부를 하든 좋은데 최소한도로- 부모님을 속여선 안 되고. 성적을 모른다는 게 말이나 되냐?"

네, 나는 대답했다. 아버지는 오래간만에 여러 말을 하셨다. 예전에 실업계 학교가 인문계보다 대우도 좋고 사회적인 진로도 보장됐었다고, 좋은 대학 가면 좋겠지만- 어쨌든 지금도 너가 노력만 한다면 여전히 그럴 거라고, 늦지 않았다고, 오히려 좋은 기회가 될지도 모른다고, 최선을 다해보라고, 아버지가 말했다. 네. 나는 대답했다. 아버지 말이 끝났다. 가서 할 거 해라. 네. 나는 대답하고 안방에서 나왔다.

컴퓨터가 허락된 9시엔 TV를 보는 가족 눈치를 보며 야한 파일들을 폴더째로 지웠다. 아쉬운 마음이 없진 않았지만, 이젠 나만 쓰는 컴퓨터가 아니었다. 파일을 지운 뒤엔 아이템과 계정을 팔았다. 컴퓨터를 잡은 한 시간은 오늘 하루, 아니 이번 한 달 안에서도 가장 빨리 시간이 지나갔다. 동생에게는 바이러스 치료했다고 말했다.

컴퓨터가 없는 내 방은 허전했다. 아무것도 잡히지 않았다. 그리기도 싫었고 공부도 엄두가 나지 않았다. 그러다 겨우 전에 사둔 만화책을 다시 꺼내 들어 보다 잠들었다.

결국 태경공고로 원서를 냈다. 선생님은 거기 가서도 잘하면 된다고, 앞뒤가 맞지 않는 말을 했다. 성적 좋은 애들이 실업계로 원서 낸다고 하면 말리는 주제에.

나 말고 태경공고로 원서를 낸 한 녀석이 더 있는데, 우리 반에서 노는 무리에 속하지만 의외로 성적이 괜찮은 녀석이었던 김종남이었다. 너는 왜 거기로 가려는 거야? 물으니, 어차피 인문계 가면 공부 안 할 걸. 차라리 저기가 낫다. 종남이가 말했다. 과는 자동차과였다. 나중에 차 몰 때 편하잖아? 쉽게 결정한 듯 쉽게 말했다.

나 포함 실업계로 원서 낸 녀석은 일곱 명이었다. 작년과 비슷한 수준이라고 했다. 상홍기계고에 진규, 태경공고는 나와 종남이 두 명, 계덕농고는 상문이, 흥린공고엔 서로 비슷하게 놀면서 친하기도 한 민수랑 병조, 자양생명고 '존나 노는' 현종이 한 명이었다.

다음주엔 나머지 녀석들이 인문계 원서를 쓸 차례다. 공부 잘하는 현갑이랑 재철이는 외고나 과고로 갈 거 같았다. 뭐 이제는 아무런 상관없다.

4

사귄다고는 하지 않지만 그렇다고 사귀지 않는다고 딱 잘라 말하지는 못한다. 굳이 따지고 싶지 않다.

그게 무슨 상관인데? 어느 쪽도 딱 들어맞진 않으나 아예 틀리지도 않으니 마음대로 부르라고 하자. 걔네가 어떻게 부르건 우리가 변하지는 않는다. 그냥 나도 여자 친구라고 해버리지 뭐. 여자 친구인 채연이랑은 오늘처럼 시내에서 만나기도 하고 이런저런 이야기를 하기도 한다. 그뿐이며, 상대가 이성일 뿐이다. 좋아한다, 사랑한다의 감정이 이런 것이구나 느낀 적은 없었다. 스킨십은 서로 손을 잡아본 게 전부였다.

우리 중학교는 1학년 때만 남녀 합반이다. 이유는 잘 모르겠지만 아무튼 그렇다. 그때 채연이랑 같은 반이었다. 채연이는 그때도 전교 5등 안에 들었다. 그때도 나는 게임을 붙잡았다. 서로 얘기할 일이 없어 거의 한 마디도 안 하며 지내던 사이였는데, 어느 날이었다. 한창 애들이랑 게임 얘기를 하다가 물을 마시러 복도로 나왔다. 돌아가는데 복도에서 채연이가 나를 붙잡았다.

"너 창세전쟁 온라인 하지?"

창세전쟁 온라인은 내가 그 당시에 하던 게임이었다. 지금은 망해서 사람이 거의 없지만 그때는 하는 사람들이 상당했다. 나도 그중 하나였고, 꽤 고렙에 아이템도 괜찮았다.

"어, 왜?"

그러자 채연이가 반가워했다.

"나도 며칠 전부터 그거 했거든. 재밌더라."

그때 나는 이런 범생이도 그런 걸 하는구나, 생각했었다.

"그래? 레벨 몇인데?"

"나, 4야."

거의 모든 온라인 게임의 한 자리 레벨은 보잘것없다.

"며칠 전부터 했거든." 채연이는 며칠 전부터 했다는 걸 강조했다. 그러지 않아도 되는데 공부 때문에 게임 레벨이 낮아 부끄러워했다. "많이는 못 하고. 공부 때문에 시간이."

"초반에는 금방 올라. 같이 사냥터 돌면 금방금방 오를걸. 저

렙에 낄 수 있는 좋은 템들이 있으니까 그거 맞추면 될 거야. 구해줄게."

그러자 채연이가 진심으로 고마워했다. 우리는 그걸 계기로 게임에서 가끔씩 만났으며 학교에서도 만나 이런저런 얘기를 했다. 게임으로 시작했지만 게임 이외의 주제로 이런저런 얘기를 나눴다. 집이 어디야? 서구 월평동. 잘사는 동네네, 근데 거기 멀잖아. 원래 살던 곳에서 이사한 거야. 엄청 잘사는 동네도 아니고. 그래? 나도 대전 살지만 다 아는 건 아니니까. 학교 다니기 힘들겠다. 이런 식으로 말이다.

우리가 가끔 만나 얘기하는 모습이 눈에 띄었나 보다. 어느새인가부터 나랑 채연이랑 사귄다는 얘기가 돌았다. 아냐, 아니라구! 나서서 부정하면 오히려 사귀는데 뺀다고 반응한다. 그래서 나서지 않고 질문에만 대답했다. 상진이에게 그랬듯 말이다.

"야, 너네 사귄다며. 진짜야?"

"그럴 리가 있냐. 그냥 게임 때문에 얘기한 것 가지고 그러는 거야."

하는 식으로.

하지만 조용한 대응에도 한계가 있던지 우리 반은 이미 나랑 채연이랑 사귀는 사이로 확정한 듯했다. 아, 알게 뭐야. 나는 귀찮아져서 내버려두었다. 채연이한테 물었다.

"너 혹시 애들이 우리 얘기하는 거 들었어?"

"아. 어……." 채연이는 조금 우물쭈물했다.

"신경 쓰지 마."

"아, 응, 어. 그래……."

채연이도 신경이 쓰이는 듯했지만 대놓고 아니라고 하면 내가 상처 받을 것 같았나보다. 그런 거 없는데. 난 그쯤에서 그만두었다.

채연이랑 나는 그 후 반 년 정도 같이 게임을 했다. 내가 키워줄 필요 없이 고렙에 아이템도 최고였다. 서로 비슷해지니 파티를 맺어 같이 사냥도 하고 던전도 돌았다.

우리는 2학년이 되었다. 채연이는 서구 둔산동으로 이사했지만 학교를 옮기진 않았다. 집에서 학교까지 상당히 멀었지만 채연이 아버지가 매일같이 채연이를 태워줬다. 그 때부터 채연이는 나랑 얘기하기 위해 게임에 들어왔다. 지금도 마찬가지다. 게임 속 아니면 학교에서 만나 얘기하고, 가끔 약속 잡아 시내에서 만나기도 한다. 오늘처럼 말이다. 어지간하면 내가 항상 접속해 있으니까 채연이가 잠깐 와서 시간을 맞춘다. 서로 영 마주치기 어려울 때엔 같은 학원에 다니는 상진이를 통하기도 한다.

나는 은행동 갤러리아 앞에서 기다렸다. 우리는 시내에서 만난다고 하면 열에 여덟은 갤러리아 입구다. 다른 사람들은 이안

경원 앞에서 만났지만 대전에서 땅값이 제일 비싼 곳이라 그런지 사람들이 복잡했다. 그리고 앉을 데가 없었다.

삼성생명 쪽에서 채연이가 왔다. 은테 안경과 연한 갈색 파카, 하얀 목도리에 청바지, 컨버스 운동화 차림이었다. 손에 입김을 불며 왔다. 채연이는 나를 보며 밝게 웃었고 반가워했다. 내가 물었다.

"오늘은 저쪽에서 오네? 삼성생명 쪽에 내리는 버스 없지 않아?"

"아. 그쪽은 없어서 좀 걸어 왔지."

"아아— 그렇구만. 가자. 밥부터 먹을까, 배고파?"

"조금."

"그럼 일단 먹자."

채연이랑 나는 서로 가리지 않고 입맛도 비슷했는데, 으능정이 거리보다는 대훈서적 뒤편 분식집들을 자주 찾았다. 대훈서적 뒤편 분식 가게들은 으능정이에 밀려 소외당한 인상이었다. 사람들이 모이는 모습을 좀처럼 보기 힘들었고, 거리 자체가 10년 정도 빛바랜 듯했다. 가게, 주인아주머니, 손님, 식기, 사소한 장식까지. 여기에 온 우리도 이 빛바램에 동화되어 만약 사진을 찍는다면 10년 전 모습처럼 보일 거 같았다.

손님 없는 분식집에서 주인아주머니가 주걱으로 떡볶이를 뒤

집었다. 우리는 떡볶이랑 튀김 오천 원어치를 주문했다.

"앉아서 기다리고 있어, 금방 해줄게. 우산 안 챙겨왔어? 오늘 비 온다고 하던데."

아주머니가 튀김을 기름통에 집어넣으며 물었다.

"그래요? 못 들었는데."

"누가 전에 우산 하나 놓고 갔는데 줄게. 가져가."

"고맙습니다."

우리는 얼떨결에 우산을 받아 챙겼다.

"너 근데 키 많이 큰 것 같아."

채연이가 말했다.

"그런가? 난 잘 모르겠는데."

"1학년 때는 너가 나보다 작았어. 그래서 내 앞에 앉을 때도 있었잖아. 기억 안 나?"

"아 맞아, 그랬지."

채연이는 이상하리만치 기억을 잘했다. 어쩔 때는 아무 의미 없고 사소한 것까지 기억해 종종 놀랐다. 그런 모습을 보면 가끔씩 내가 허투루 시간을 보낸 것 같은 기분도 들었다. 하지만 역시 대수롭지 않은 일들이라 그런 기분도 금방 사라졌다.

"별걸 다 기억하네. 역시 머리가 좋아."

"머리 좋은 거랑 상관없어. 원래 여자가 사소한 걸 잘 기억한 댔어."

"그래? 난 여자가 아니니까. 내가 키가 좀 크긴 했나?"

"어어, 내가 작은 편이긴 한데 어쨌든 그때보단 커졌어."

"너가 몇인데?"

"백오십."

"작은 건가?"

"작은 거지, 평균에 비하면. 여자는 어릴 때 한 번 크면 끝이야."

채연이는 인생까지 끝난 듯 얘기했다.

"상관없잖아. 뭐 어때, 내가 너보다 커졌는데. 얼마큼 커진 거지? 한번 재볼까? 일어서볼래?"

채연이가 당황해하며 손사래를 쳤다.

"아 됐어 됐어, 그만 해, 부끄럽잖아."

"잠깐 일어나봐, 재보자 한번. 아무도 없어."

채연이는 아이씨, 이러며 일어났다. 정말 싫은 건가?

"싫으면 다시 앉아도 돼."

"아냐, 일어났으니 빨리 재자."

우리는 등을 맞대 키를 쟀다. 채연이가 자기 머리 위로 반듯하게 손을 대니, 내 턱까지였다. 내가 말했다.

"한 10센티 큰 것 같은데?"

"얼른 앉아."

나는 앉으며 말했다.

"뭐 이 정도면 적당하지 않아? 키에는 별로 욕심이 없어서. 내가 여기서 더 커서 너랑 차이 많이 나면 뭐해. 어색하잖아."

채연이는 대답하지 않고 물만 홀짝였다. 떡볶이가 나왔다. 튀김은 시간이 더 걸렸다. 우리는 떡볶이 먼저 먹었다. 아주머니가 어묵 국물을 접시에 담아 옆에 놔주었다.

곧이어 튀김도 나왔다. 김말이랑 오징어 튀김, 우열을 가릴 수 없었다. 튀김을 떡볶이 국물에 찍어 먹는 건 진리다. 다른 튀김도 마찬가지인데, 유독 김말이랑 오징어 튀김이 더 맛있다. 순대도 원래는 소금에 찍어 먹지만 떡볶이 국물도 나쁘진 않다. 분식에서 사용하는 소스들 모두 떡볶이 국물로 통일해도 괜찮을 듯싶었다.

"학교는 어디 가기로 했어?"

채연이가 물었다.

"태경공고 갈 것 같아. 그저께 원서 냈어."

"그래? 예고 가면 좋았을 텐데."

"그러게. 잘 모르겠다. 잘해야 되는데. 진학도 잘 되고 취업도 되고 좋다던데."

"과가 어딘데?"

"건축 디자인."

"그것도 뭔가를 그리는 거잖아."

"응."

나는 천천히 말했다. 나도 모르게 가다듬고 말했다.

"이런 생각도 해. 사실 야자는 안 하려고 했거든. 근데 실업계는 어차피 안 하니까. 인문계 가도 내가 열심히 공부할 수 있을까, 그런 생각도 들고. 실업계라면 아마 낫지 않을까? 뭐 그런 거."

채연이는 고개를 끄덕여주었다. 내가 물었다.

"넌 어느 학교 가려고?"

"도화여고. 도화여고로 가래, 부모님이."

"외고 갈 수도 있잖아."

"거긴 다 잘하는 애들이라 내가 뒤떨어질 수도 있다고."

"딴 세상 얘기네. 너가 뒤떨어지는 데도 있어?"

"나 그렇게 공부 잘하는 거 아냐. 나보다 잘하는 애들이 얼마나 많은데."

그럼 나는 뭐가 되는 거야, 하려고 했지만 말아버렸다. 대신

"뭐 어디든 가서 잘하면 되니까. 너 잘하잖아."

라고 말했다.

"아냐."

채연이가 대답했다. 채연이는 나지막이 말했다.

"외고 가면 자신 없어질 거 같아."

"너 정도면 충분해."

"아마 고등학생이 되면 계속 학원 다니겠지. 너랑 얼마나 볼 수 있을지 모르겠어. 시간이 생길지 모르겠다."

채연이 말에 나도 조금 우울했다.

"대학 가면 볼 수 있을까?"

내가 물었다.

"가서 보면 되지. 고등학교 때도 시간 내서 보면 되고."

채연이가 대답했다.

"나 만난다고 성적 떨어지는 거 아냐?"

"내가 알아서 해."

"하긴, 넌 머리가 좋으니까."

"그것도 아냐."

"어묵 국물 식었다. 먹어야지."

값은 내가 치렀다. 계정하고 아이템을 판 돈이었다. 먹고 싶은 걸 하루 종일 다 먹어도 남았다. 우리는 분식을 먹고 대훈서적 2층 만화 전문 매장에서 만화책을 구경했다. 나야 말할 것도 없고 채연이도 가끔씩 보는 편이었다.

채연이는 순정 만화가 취향인데, 남자끼리 엉겨 붙는 여성향은 아니다. 우리 또래 중에 만화책 싫어하는 애가 있을까. 본다, 보지 않는다에서 보지 않는 녀석은 있겠지만, 좋다, 싫다에서 싫어하는 녀석은 얼마 없지 않을까? 가끔 나는 이런 쓸데없는 생각을 한다.

만화책으로만 치자면 채연이는 실업계 학교로 가야 했고 나는 외고나 특목고로 가는 정도다. 이런저런 할 얘기는 내가 훨씬 많기 때문이다.

"내가 러프 좋아하잖아. 너도 나 때문에 한번 봤지? 재밌다고 했잖아. 근데 이 작가랑 다카하시 루미코랑 나이가 비슷해. 그이누야샤 작가 말야. 근데 둘이 아직 결혼을 안 했다더라."

미국 만화 코너로 가도 수다스럽기는 마찬가지였다.

"스파이더맨 원작을 보면 재밌는데, 나중에 카니지랑 톡신이 나오거든? 다들 베놈이 엄청 쎄다고 알고 있지만 걔네한테는 뭐 그냥 가지."

그 밖에 등등. 채연이가 좋아하는 얘기였다. 만화책 한권 한권 훑어보며 이런저런 얘기를 나눈 뒤 밖으로 나왔다. 하라 히데노리의 겨울이야기를 살까 했지만 나중에 사기로 마음먹었다.

우리는 시내를 돌아다니다 오락실에서 천 원을 쓴 뒤 영화관에 갔다. 무난한 액션 영화 한 편을 보니 밖엔 비가 내렸다. 오랜만에 피시방에 들러서 게임 할까 했지만 비 때문인지 날이 금세 어둑했다. 우산을 준비하지 못해 비를 막으며 뛰어가는 사람들도 보였다. 비가 잦아들 때까지 기다리려고 건물 밑에서 비를 피하기도 했지만 쉽게 그칠 것 같지 않았다. 보아하니 그치면 더 추워질 겨울비였다.

"우산 챙겼지?"

"어, 근데 하나뿐이다. 너 버스 타는 데까지 씌워줄게."

나는 채연이에게 말했다. 채연이는 날이 추우니 빨리 집에 가는 게 낫다고 말했다.

"나는 따뜻하게 입었어. 먼저 쓰고 가."

"나도 요 앞에서 버스 타면 돼. 너 쓰고 가."

그러자 채연이가 타협안을 냈다.

"그럼 앞에서 너가 먼저 타. 나는 우산을 받을게."

내가 채연이를 바래다주고 싶었다. 그때문에 얼마간 옥신각신
하다 결국 내가 양보했다.

"집에 도착하면 연락할게. 핸드폰으로 하면 되지？"

"응. 도착하면 연락해."

나는 없는데 채연이는 핸드폰이 있다. 우리는 연락을 약속하
고 멀리서 말없이 버스가 오기만을 기다렸다. 마침내 집으로 가
는 105번 버스가 왔고, 오래도록 손 흔들며 헤어졌다. 채연이는
창에 맺힌 빗물에 흐려졌고, 또 사람에 가려 채연이의 뒷모습마
저 보지 못했다.

5

———

학교에 가자 마자 담임선생님이 나랑 종남이를 따로 불렀다. 담임선생님은 수험표를 주시면서, 원서 접수 후에 면접을 봐야 하는데 자기도 늦게 알았다고 했다. 아홉 시인가 아홉 시 반까지 라고 하셨다. 크게 어렵거나 난이도가 높지는 않다며, 자기도 거기까지밖에 모른다고 하셨다.

나머지는 우리가 가서 확인해야 했다. 길을 알아 다행이었다. 선생님은 출석을 인정해주시고는 김종남과 나를 수업에서 빼주셨다. 내신 성적이 다 나온 마당에 출석이 무슨 소용 있나 싶었다. 종남이랑 나는 태경공고로 갔다. 멀지 않은 길이라 걸어가도 상관없었다.

"야 근데 너는 예고 가는 거 아니었어? 너 존나— 그림 존나 잘 그리잖아."

종남이가 물었다. 공부를 하는 편임에도 종남이는 노는 무리에 끼어있음을 의식했다. 종남이 머리엔 큰 땜빵이 있는데, 저런 자국은 어떻게 만드는지 난 아직도 몰랐다. 종남이는 우리 반에서 키가 큰 축이었고 운동도 잘했다. 특별히 사이가 나쁜 녀석은 없었다. 특별히 누구와 더 좋다 할 녀석도 없었지만 말이다.

의외로 반에서 왕따를 괴롭히거나 놀리지도 않고 남에게 피해 주는 일도 없었다. 잘못할 때는 진심으로 사과하는 모습도 보여주었다. 다만 귀에 이어폰을 꼽고 잔다던지 혼자 있을 때가 많았다. 어쨌든 생각 없이 툭 던진 말로 건드려 종남이를 불편하게 한다면 끝나가는 중학 생활이 피곤할 거다.

"필기에서 떨어졌어. 존나 쉬운 건데 공부를 안 해서."

"아 아깝다. 시발 그래서 태경공고 가는 거야?"

"그렇지 뭐. 인문계 갈라다가 성적도 간당간당하고 야자도 좆 같을 것 같고 그림 그리려면 여기도 낫지 않을까 해서."

"뭐 별거 있냐?" 종남이가 실실 웃었다. "그냥 꼴리는 데로 사는 거지. 저런 데 들어가도 인생 안 조져. 씨발, 똑같다니까? 인생 편하게 사는 게 낫지."

나는 멋쩍게 웃었다.

"집에서는 뭐라 안 해?"

"집에서 시발, 집에서 뭐라 하지. 근데 크게 뭐라 하진 않았어.

막 집에 피해 주고 그렇진 않았거든. 성적으로 맘고생 시킨 것도 아니고. 흥린도 쉽게 갈 수 있는데 차과가 없어갖고. 차과가면 나중에 차 몰 때 편하잖아? 뭘 그리 복잡하게 생각하는지."

나는 살짝 부러운 마음이 들었다.

"존나 쿨하네."

내가 말했다.

"굶어 죽진 않잖아? 돈 드는 사고만 안 치면 돼."

"아 그렇구만."

나도 실실 웃으며 고개를 끄덕였다. 종남이는 평소에 애들이랑 얘기를 하지 않는 편인데 오늘따라 이상하게 나한테 이런저런 말을 했다. 생각보다 나쁜 녀석도 아니었다. 다만 '사는 거 별 거 없어'라는 사상이 확고했고, 다른 친구들과 의견을 맞추거나 자신의 생각을 나누지는 않을 뿐이었다.

보아하니 이른 나이에 이것저것 해본 투였다. 내신 점수가 220점이라고 했는데, 그 점수는 여전히 신기했다. 종남이는 보기 드물고 나는 보기 흔하다. 종남이의 개성 때문에 내가 평범해지는 기분이라 거부감이 조금 있었다. 종남이랑 친해졌다는 생각이 들면서도 말이다.

종남이가 뜬금없이 물었다.

"너 근데 아직도 창세전쟁 온라인 하냐?"

"접은 지 꽤 됐는데. 근데 계정은 남아 있을 거야. 어쩌다 한 번씩 들어갈 때가 있어."

"서버가 어딘데?"

"갈라하드."

"어, 나도 거긴데."

채연이랑 할 때 들어간다는 얘기는 뺐다.

"나 요즘 그거 새로 하는데 재밌더라구. 한 지 얼마 안 됐는데, 오늘만 키우는 것 좀 도와주라."

"뭐 그래. 알았어."

창세전쟁 얘기를 시간가는 줄 모르고 했다. 종남이에게 유용하고 도움이 되는 자잘한 팁에 대해 얘기해주니 귀가 솔깃해져 들었다. 자주 못 해서 게임이 바뀌었을 순 있어, 단서를 달았지만 그래도 집중했다. 쇼거스를 잡을 때는 아론다이트를 끌고 가면 좋은데 그게 꼼싸리가 있거든? 직사의 마인이란 기술을 쓰면 쉽게 치고 빠질 수 있어. 이런 이야기들. 어느새 우리는 태경 공고에 도착했다.

태경공고 입구에서 할머니, 아주머니, 아저씨들이 학생들에게 전단지나 사탕을 나눠줬다. 학원, 교복점 등 홍보 전단지였다.

포스트잇을 주는 분도 있었다. 캐드나 그래픽을 먼저 배워놔야지 나중에 힘들지 않다고 꼬드겼다. 솔깃했지만 결국 지나쳤다.

어떤 아주머니는 우리를 붙잡고 전화번호 좀 적어달라고 했다. 나는 그 아주머니를 무시했지만 종남이는 싹싹하게 핸드폰 번호를 적어주었다. 적고 가는 길에 종남이가 그 번호는 사실 송찬진 핸드폰 번호라고 귀띔했다.

"나도 그 새끼 사실 좀 재수 없었어."

나는 한바탕 웃으며 학교로 올라갔다.

태경공고는 작은 대학교를 보는 것 같았다. 하, 시팔 학교, 존나게 크구만, 종남이가 말했다. 종남이 말처럼 학교는 크고 넓었다. 운동장이 우리 학교의 네 배는 되는 듯했고 경사를 따라 올라가면 건물 몇 동이 있었다.

우리처럼 면접을 보러 온 듯한 녀석들이 어딘가로 향했다. 각기 다른 교복을 입었는데 무슨 학교인지는 몰랐다. 종남이가 앞서가는 녀석들을 가리키며 말했다.

"쟤내 따라가면 될 것 같다. 저기는 송영중 교복이고 저건 가양중 교복이네."

그러다 수많은 무리 중 유독 한 녀석이 눈에 띄었다. 많은 교복 무리 중에 MLB모자, 나이키 츄리닝 차림에 삐져나온 염색머리, 귀고리가 달려 있었다. 영 인상이 좋지 않았다.

"저런 새끼는 면접에서 떨어지겠지, 시발, 저게 뭐야? 여기가 실업계 중에선 그래도 막장은 아니라고 해서 온 건데."

우리는 실실 웃으며 상대를 비웃었다.

짧은 경사를 올라가보니 본관처럼 보이는 건물 앞에 다듬은 수목이 반듯했다. 또 그 앞 작은 표지에 강당으로 가는 화살표가 있었다. 그 화살표를 보니 본청 같았던 건물은 본청이 확실했고, 길 위쪽 본청만큼 큰 건물은 기숙사, 본청을 중심으로 오른쪽에 있는 건물 세 채는 실습동 두 개와 강당이었다.

실습동 하나는 산 쪽에 자리했고 하나는 운동장 끝에 있는데, 강당은 그 사이에 슬그머니 자리한 모양이었다. 원래 고등학교가 이렇게 큰가 의문이었다. 그러나 내가 봤던 고등학교들은 이렇게 크지 않았다. 그럼 실업계고가 원래 큰 건가? 생각해봤지만, 다른 실업계고를 갔던 적이 없어 알 수 없었다. 좁고 답답해 공부에 메인다는 생각은 들지 않을 거 같았다. 그렇다고 제멋대로 굴 정도로 마냥 넓지도 않았는데, 잘 가꾸어서인지 단정한 여유를 느꼈다.

우리는 다른 녀석들을 보며 쟤는 어떨 것이다, 저럴 것이다 평가하며 강당으로 들어갔다. 2층까지 앉을 수 있는 넓은 강당은 우리 학교 학생 전부 앉아도 빈 자리가 있을 듯했다. 빛이 들어오지 않아 조금 어두웠다.

강단 아래엔 시력 검사기가 두 개, 강단 좌우로는 책걸상이 네

개였다. 책상 앞엔 사지 검사장, 색신 검사장, 청력 검사장, 면접이라고 씌어 있었다. 강당 안에 먼저 온 수많은 녀석들 때문에 소란스럽고 어지러웠다. 전부 껄렁하거나 한 가닥 하는 얼굴이었다.

이런 놈들하고 같이 학교를 다니는가 싶을 때, 강단 위에 선생님들이 나오셨다. 뒤에선 번호가 적힌 팻말을 든 태경공고 재학생이 나와 시력 검사기 앞에서 번호순으로 일렬로 섰다.

강단 위 선생님 한 분이 마이크를 붙잡았다.

"학생들은 자기 수험 번호에 맞춰서 앞에 선배가 든 팻말 번호에 맞춰서 앉아라. 다시 한 번 말한다. 학생들은 자기 수험 번호에 맞춰서 선배가 든 팻말 번호 앞에 맞춰서 앉아라. 2열 종대로 번호순으로 맞춰 앉도록."

팻말은 1에서 40번, 41번에서 81번, 이런 순으로 400번 대까지 있었다. 내가 생각하는 것보다 태경공고에 지망하는 학생들이 많았다.

번호가 갈라진 나랑 종남이는 각기 다른 줄에 앉아 면접을 봤다. 면접이라고 해서 어려운 내용을 묻지 않았다. 기본적인 신체 능력을 검사했고, 면접은 30초도 걸리지 않았다. 선생님이 물었다.

"자넨 이 학교에 왜 지망한 건가?"

잠깐 머뭇거리면 선생님이 보기를 낸다.

"여러 가지 있잖아, 하나, 취업이 잘 돼서. 둘, 진학이 쉬워서. 셋, 집이랑 가까워서, 이런 거."

나는 얼떨결에 "하고 싶은 게 있어서." 라고 대답했다. 선생님은 "음음." 하며 종이에 체크하더니 이어 내 뒤 번호에게 같은 질문을 했다. 면접 끝이었다.

별 탈 없이 면접을 마치고 종남이랑 태경공고 밖으로 나왔다. 생각 외로 일찍 마쳤다. 몇몇 녀석들은 곧바로 집에 가는 듯했다. 어디 중학교인지 궁금했지만 길게 신경 쓰지 않았다. 종남이와 학교로 갔다.

가는 중간에 종남이가 PC방에 가자고 제안했다.

"어차피 가봤자 공부 안 하잖아, 비디오나 볼 텐데."

나는 잠깐 생각하고 알겠다고 했다. 종남이가 말했다.

"너 창세전쟁 온라인 접었잖아. 나 쩔 좀 해줘. 괜찮은 아이템 있으면 좀 주고."

"어, 알았어."

채연이도 바빠서 못 할 테고 나도 집에서도 못 하기 때문인지, 마지막이라는 예감으로 로그인 했다. 약하진 않지만 팔기엔 뭔가 모자란 고렙 캐릭터로 종남이를 도와줬다. 구경도 못 하는 곳

너의 어제를 노래하며

에 데려가 쩔 해주고 쓸 만한 아이템은 다 몰아주었다.

"이거 다 줘도 돼?"

현금으로 쳐도 얼마 받을 아이템을 보자 종남이가 놀라며 물었다.

"나 이제 이 게임 거의 못 해. 가지고 있어도 부질없다, 스타나 좀 하다 가자."

종남이가 고맙다고 하곤 기꺼이 내 스타 상대가 돼주었다. 30분여 되는 치열한 공방 끝에 프로토스인 내가 이겼다. 우리는 계산하고 다시 학교로 갔다. 도착하니 마침 쉬는 시간이었다. 선생님이 안 계시겠구나 안심하며 들어가려는데, 담임 선생님이 있었다.

"면접 끝나고 오는 거냐?"

"네."

"너네, 끝나고 바로 오는 거야?"

우리는 서로 눈치를 본 뒤 작고 솔직하게 말했다.

"아뇨."

그러자 선생님이 지친 듯 숨을 뱉으시곤 말했다.

"다음엔 그러지 마라. 가서 자리에 앉아."

그게 끝이었다. 우리는 자리에 앉았다.

너의 어제를 노래하며

실업계 원서 접수가 끝난 뒤 인문계 학교에서 원서를 받았다. 각자 나름대로 1지망, 2지망, 3지망을 써냈다. 공부 좀 하는 녀석들이 학교의 수준을 기준으로 냈고 그냥저냥 하는 녀석들은 집이랑 가까운 곳 위주로 냈다.

다 그렇지는 않았다. 공부를 잘 하는 상진이는 이제 평준화라 어디든 상관없다고 집 가까운 곳으로 원서를 냈다.

인문계랑 실업계랑 결과는 똑같은 날에 나왔다. 나는 내가 첫 번째로 지망했던 태경공고 건축디자인과에 합격했다. 기쁘거나 들뜨지는 않았다. 나를 포함해서 실업계 학교를 지망했던 전원이 합격했다.

인문계로 원서 낸 애들이 볼만했다. 공부 좀 하는 녀석이었던 민석이는, 1지망에서 3지망까지 다 떨어지고 4지망인 보명고가 붙었다. 말도 안 된다는 듯,

"아 씨— 왜 여기 붙어, 우리 집이랑 존나 먼데, 아 씨발." 하며 있는 대로 짜증 냈다.

상진이도 크게 티를 내진 않았지만 대평고가 붙자 은연중에 아쉬워했다. 어디에 붙건 신경 쓰지 않을 듯한 태도였기에 의아해서 물었더니

"그래도 북전고 가면 중학교 때 애들이랑 헤어져서 새로 시작할 수 있고 공부도 잘할 거 아냐……."

라며 머쓱한 듯 투덜거리 듯 상진이가 말했다.

"대평고 가고 싶다며. 우창이랑 가깝잖아."

내가 말하자

"그래도 대평보단 북전이 낫지—."

라고 대답했다.

"그럼 북전이나 우창을 1지망에 넣지 그랬어?"

"원서 낼 때 생각이 바뀌어서 북전이랑 우창을 1, 2지망으로 냈는데 다 떨어졌어."

내가 시큰둥하게 대답했다.

"처음 하려던 대로 됐네 뭐."

1지망이 붙은 녀석들도 걔들 나름대로 당연한 결과라 기뻐하

지 않았다. 기뻐한 녀석은 없었다. 인문계 학교 어디 붙었네 떠드는 새끼들이 좀 좆같았지만, 그냥 그러려니 했다.

그런 중 교실 입구 쪽에서 떠드는 소리가 들렸다. 패거리들끼리 노는 건가, 했는데 패거리랑 상관없이 애들이 모인 채였다. 무슨 일인가 가봤다.

"야, 야야, 들었어? 씨발 이거 존나 어이없는데."

"좆같네, 이거 뭐야. 진짜야?"

내가 옆 친구에게 무슨 일이냐고 물었다. 친구가 어처구니없어하며 대답했다.

"야, 문건규 영일고 합격했다는데."

나는 그 애길 듣고 순간 벙쪘다.

"뭐? 씨발⋯⋯."

"존나 어이없네 씨발, 그 새끼 진짜 된 거야?"

하굣길 내내 어처구니없는 기분이 계속됐다.

"그게 인문계 지망한 녀석들이 정원보다 적어서 성적이 낮아도 뽑아줬나 봐."

"아무리 그래도 그렇지 학교 망할려고 아, 미친— 존나 어이없다."

"그 새끼 합격하더니 하루 종일 웃던데."

"씹새끼, 꺼지라 그래."

나는 계속 불평했지만 어쩔 수 없었다.

이제 와서 돌이킬 수 없었다. 문건규는 큰 행운에 걸린 셈이었다. 그렇다, 행운이다. 나 역시 행운에 얻어걸릴 수 있었지만 그 때로 다시 돌아가도 아마 같은 선택을 했을 것이다. 그렇게 생각하니 문건규의 합격도 어느 정도 인정되었다. 기분이 영 좋지 않았지만, 금방 잊어버렸다.

다음 날 채연이랑 만나 합격 여부를 들었다. 1지망으로 쓴 도화여고에 합격했다고 했다. 여고 중에선 상당히 괜찮은 학교였다. 이로써 모두 뿔뿔이 흩어졌다.

7

✳
◆
✕

　겨울방학의 시작인 방학식이었지만 말이 방학이지 중학 생활
의 끝이나 다름없었다.

　사물함에 짱박은 교과서랑 썩은 체육복에 여러 녀석들이 애먹
었다. 하교 때엔 가방이 불룩한 녀석들이 많았다. 나랑 상진이는
일찌감치 처리해 수고를 덜었다.

　애들은 방학 때 어떻게 할지 이런저런 얘기를 나누었다. 기분
좋아보였다. 얼렁뚱땅 방학식이 끝나고 상진이랑 채연이랑 만나
서 놀았다. 점심을 먹을까 노래방부터 갈까 고민하다 노래방부
터 가기로 했다. 한 시간을 시키고, 서비스로 한 시간을 더 받았
다. 목이 쉴 정도로 불렀다. 상당히 배고파서 우리 셋은 학교 근
처 분식집 '바로 그집'에 갔다.

라볶이 4인분에 군만두 1인분을 시켜놓고 우리는 얘기를 나누었다. 오늘을 위해 모아놓은 돈을 아낌없이 썼다.

"너네 집이랑 도화여고랑 얼마나 걸리는 거야?"

상진이가 물었다.

"걸어서 30분 정도 할 거야, 집에서 나오는 시간까지."

"생각보다 가깝네? 나는 다 계산하면 50분 정도 걸리겠는데."

내가 채연이의 말을 받았다. 상진이가 떠들었다.

"내가 제일 좋지. 걸어가면 되니까."

"학교에서 집 가까운 애가 맨날 지각한다니까. 걔 봐봐, 기웅이, 걸어서 5분인데 다 맞춰서 오거나 좀 늦잖아."

"그 새끼 원래 게으르잖아."

"학교 근처에 살면 그렇다니까. 여유부리다 늦어."

채연이는 상진이와 나의 대화를 재미있어했다. 금세 라볶이랑 군만두가 나왔다.

"여기가 맛이 좀 특이해. 떡볶이에 마요네즈 뿌렸나 마요네즈 맛이 나."

상진이가 말했다.

"특이하긴 한데 잘 모르겠다."

내가 말했다.

"그 말 들으니 그런 것 같기도 하고."

우리는 맛있게 분식을 먹었다. 채연이는 얼마 먹지 않았지만 상진이랑 나는 무섭도록 먹어치웠다.

"그럼 고등학교 가면 잘 못 보겠지?"

채연이가 뜬금없이 말했다.

"아마 그렇겠지. 나는 시간이 날 테지만 너네가 바쁘잖아."

그러자 상진이가 대답했다.

"가끔은 시간 있겠지."

"방학 때도 시간 없나?"

"학원도 방학 있으니까. 안 가는 날도 있고. 영 못 노는 건 아냐, 팍팍해서 그렇지."

"너도 영어 공부 같은 거 해보는 게 어때."

상진이가 권유했다.

"해야 되는 거 알긴 한데, 별로 하고 싶진 않다."

그러자 채연이가 물었다.

"넌 방학 동안에 뭘 할건데?"

나는 어묵을 오물오물 씹으며 생각했다.

"글쎄."

일어나는 시간을 신경 쓰지 않아도 되고, 뭘 해야 한다 학교에서 보채지 않아 좋았다. 하지만 아무 것도 않을 때의 막연한 두려움도 있었다. 그런 마음은 애써 무시하며 한쪽으로 밀었다. 그 보채는 마음, 너도 시작해야 해, 라는 마음은 이틀 뒤에 사라졌다.

방학이 끝난 뒤 크리스마스였다.

크리스마스에는 가족과 지냈다. 부모님이 하실 말씀이 있다고 하셨는데, 이사 이야기였다. 대충 감은 왔다. 이사할 곳은 우리 집에서 멀지 않은 읍내동이었다. 크리스마스가 끝나고 연말에 바로 이사하기로 했다.

크리스마스를 기점으로 얼굴에 여드름이 올랐다. 얼굴이 울긋불긋해져 해삼, 멍게 같이 피어올랐다. 예전에 자신 있었다는 건 아니지만, 여드름이 오르자 거울을 보는 게 자신 없어졌다. 나는 여드름의 화신이었다. 아버지는 시간 지나면 없어지는 거라고 너무 짜지 말고 신경 쓰지 말라고 하셨다. 어머니보고 기름진 음식은 하지 말라고도 하셨다. 어머니는 알겠다고 하시곤 방학 동안에 추이를 지켜보자고 했다. 알겠다고, 나는 대답했다.

어머니랑 타협해서 컴퓨터 하는 시간을 늘리려고 했는데 생각보다 어머니가 완고하셨다. 몰래 할까 했지만 들키는 걸 생각해서 컴퓨터 하기를 포기했다. 피시방도 하루 이틀뿐이었다. 집에서 컴퓨터를 하는 하루 한 시간은, 이러저러하게 찾아본 음악을 들었다. 파일을 받아 저장하고, 관련 자료를 찾고, 또 그와 관련된 음악을 찾고, 듣는 식이었다. 나중에는 MP3에 저장해 듣고 다녔다.

컴퓨터를 하지 못 해 뭘 할까 고민하다 예전 집 근처에 있는 도서관이 생각났다. 그걸 계기로, 나는 방학 내내 책을 봤다. 이삿짐을 다 풀지 못해 어수선한 집 안에서 책을 보았다. 의자에 앉아서 보았고, 거실에 누워서 보았다. 겨울 공기를 쐬며 서서 책을 보았고, 자고 일어나서 책을 보았다. 책을 볼 때엔, 부모님이 아무 말도 하지 않았다. 오히려 좋아하는 눈치였다.

난 책에 대해서 아무 것도 알지 못했다. 애들이 보는 판타지랑 라이트노벨류는 제외한 채 나머지 것들을 아무 생각 없이 읽었다. 남들이 보는 책은 읽고 싶지 않았기 때문이다.

소설, 에세이, 인문학, 마구잡이로, 닥치는 대로, 비판 없이 글자를 쭉 읽어나갔다. 숨쉬기를 의식하지 않듯, 책을 끼고 살며 읽는 상황을 의식하지 못한 채로 읽었다.

재미있는 책은 재미있는 대로 느꼈고 졸린 책은 졸린 대로 한숨 자고 읽고, 이해가 되지 않는 책은 이해가 되지 않는 대로, 흥미로운 책은 흥미로운 대로 읽었다. 처음 몇 권을 읽어나가자 속도가 붙어 뭔가에 홀린 듯이, 전부 알지도 못한 채 하루 종일 읽기만 했다. 이해하지 못했으나 읽은 뒤 무언가 남아 있기는 한 것도 같았다. 내 속 무언가가, 어떤 커다란 무언가와 작은 무언가가 동시에 변하는 것 같았다. 변하는지 아닌지 정확히 알 수는 없었다. 여명처럼, 여명에서 빛이 오르듯 개였다. 내 안에서 바스락거리는 낌새만을 겨우 알았다. 그 낌새를 무엇인지 정확하게 말하기가 힘들었다.

방학 두 달여 동안 몇 권의 책을 읽었는지 모른다. 종일 읽어도 하루 한 권도 못 읽을 때가 있는 반면 재미있는 시리즈는 여러 권을 읽었다. 작가가 마음에 든 경우에 그 작가의 책을 몰아보기도 했다. 복잡한 관계를 정확하진 못하지만 대강이나마 머릿속에 그렸다. 쓴 사람의 느낌을 전달받았다. 이런 말이구나. 이런 재미구나. 그러나, 이건 아닌 것 같아요, 라고 속에서 대꾸할 수준이 되지 않은 나는 속에다 읽은 것을 켜켜이 쌓아두었다. 상진이랑 채연이도 나나 걔네의 사정 때문에 자주 만나지 못했다.

그리고 방학 동안의 나머지 기억들.

내 세뱃돈을 맡아준다고 가져가신 어머니. 친척들 앞에서 공고로 진학한다고 자신 없이 말한 내 모습. 책을 보는 나. 중학 생활의 마지막 겨울은 대강 이런 식이었다.

#2

2004년 봄,

새로운 시작

8

어느새 졸업식이었다. 어머니가 회상한 졸업식은 숙연하고 애
틋한 행사였다. 하지만 시간이 지나고 세대가 바뀌어서인지—
졸업식은 계란과 밀가루와 케첩이 오가는 산만한 행사였다. 내
가 거기에 끼었다는 말은 아니다. 어디에나 꼭 있는 노는 녀석들
과 노는 녀석들의 친한 녀석들만이 거기에 가담했을 뿐이었다.

나는 유다른 녀석이 아니었다. 나는 졸업식이라는 극의 등장
인물이 아니라 화면 밖의 스태프처럼 굴었다. 등장인물이 된 때
는, 상진이랑 채연이, 다른 녀석들이랑 사진 찍을 때 정도뿐이
었다.

졸업식이 끝난 뒤엔 온 가족들이랑 돼지갈비를 먹었다. 그 자
리에서 아버지는 내게 거원 모델의 MP3를 졸업 선물로 주셨다.

졸업식 이틀 뒤, 어머니랑 나는 새로운 교복을 맞추었다. 메이커 교복점이 아닌 동네 교복점, 가장 싼 곳으로 갔다. 그곳까지 쿠폰을 들고 가는 어머니가 조금 부끄러웠다. 주인아주머니의 대견하다는, 잘 컸다는 입에 발린 칭찬과 태경공고 다닌다는 고백 비슷한 내 말도 부끄러웠다.

공부 열심히 하란 말엔 설렁설렁 대답했다. 교복은 생각보다 나쁘지 않았다. 곤색 바지에 흰색, 연보라색, 하늘색의 가는 세로줄 셔츠로 입을 만했다.

새집은 이전보다 조금 더 작았다. 허름하고, 튀어나오는 벌레가 한 마리에서 세 마리 정도로 늘어난 집이었다. 읍내동 회덕빌라 A동 107호. 대한통운에서 갑천 방향으로 조금 내려가면 언덕 위로 올려다보였다.

우리 동네는 산 밑 언덕이었다. 산 이름은 당산이었다. 우리집을 포함한 주위 건물들—멀리 대화동까지—은 군데군데 페인트가 벗겨지고, 얇은 기와로 천장을 덮었다. 낮고 다부진 기와집이 골목마다였다. 골목은 가파른 비탈을 따라 퍼지고 얽혔다.

처음 돌 때는 전혀 엉뚱한 곳으로 나왔으나, 몇 번 돌다보니 어느 정도 감이 잡혔다. 곳곳에 앉아 계신 할머니들은 거리에 눈에 띄지 않는 이정표였다. 특히 빌라 입구 쪽 주먹만 한 슈퍼, 그 앞에 앉은 할머니들이 아련한 눈빛으로 거리와 거리 밖의 골목을 바라보았다. 할머니들은 우리집이 다시 이사할 때까지도 그

곳에 계셨다. 또 골목은 얼마 없는 높은 건물마저 위태로웠으며, 마치 대전의 좋은 부분을 갑천 너머 유성구랑 서구로 옮겨 심다 손가락 사이로 떨어진 모래알 같았다. 동생과 나는 집이 좋다 싫다 말하지 않았다. 그때 만큼은 우리 형제가 의연했다.

통학은 걱정만큼 큰 문제가 아니었다. 대한통운은 시내버스 중심 종점 중 하나였고, 많은 버스들이 오갔다. 학교로 가던 세 노선 중 하나, 310번이 대한통운에서 출발했다. 우리 집에서 대한통운까지 가는 데 시간이 좀 걸렸지만, 가기만 하면 무조건 자리에 앉았다.

내가 좋아하는 자리는 내리는 쪽 맨 뒤에서 한 칸 앞자리였다.

두 가지 이유. 첫째는 거의 맨 뒤라 사람이 잘 오지 않는다. 그래서 부대끼지 않는다. 둘째는 임산부와 노약자에게 자리를 양보하지 않아도 된다. 양보가 싫다기보다, 사람을 살펴야 하는 상황이 싫었기 때문이다. 눈치 보지 않아도 되기 때문에 이런저런 생각 하기가 편했다. 그 자리를 나는 매일 앉았다. 특별한 일이 없으면 맨 처음으로 말이다.

나는 말이 줄었다. 조금 까칠했던 걸로 기억한다. 눈을 가늘게 떴으며 이유 없는 불만에 입이 항상 날이 선 채였다. 여드름은 울퉁불퉁 여전했다. 누구에게 싫은 소리를 했던 기억은 없다. 하지만 내가 풍긴 불친절한 분위기는 매캐한 모기향처럼 사람들을 밀었다.

입학 때까지 나는 그림보다 책에 열중했다. 동네 도서관이 가깝진 않지만 가지 못할 정도는 아니었고, 무언가 변해야겠다고도 생각했기 때문이다. 방학 끝날 즈음에 그린 그림은 이전에 그렸던 그림과 달랐는데, 나도 모르는 새 화풍과 소재가 변했다.

사소한 변화를 거치며 나는 태경공고에 입학했다.

310번의 내리는 쪽 맨 뒤 한 칸 앞자리에 앉아 학교로 향했다. 나는 태경공고 학생이다, 잘해야지, 하는 마음가짐은 없었다. 중학교에서 고등학교로 진학하고 교복도 새로 입는 모든 일들은 나이를 먹으며 거쳐가야 할 자연스러운 현상이었다. 막연한 불안이나 초조도 없었다. 알 수 없는 일은 결국 알 수 없기에, 알 수 없음에 대해 추측하거나 신경쓰지 않았다.

태경공고에는 중학생일 때 왔었다. 난 이제 고등학생이다. 내가 중학생일 적 태경공고와 고등학생 때의 태경공고는 달랐다. 왔던 곳임에도 내가 왔었음이 믿기지 않았다.

모든 건물들이 새롭게 눈에 들어왔다. 태경공고는 다니던 중학교보다 서너 배는 큰 운동장에, 운동장에서 건물로 올라가는 언덕길, 언덕 위에 대학 캠퍼스처럼 보이는 건물들. 다른 학교에서 느낄 수 없었던 위엄 비슷한 것도 느꼈다. 입구를 기준으로 가장 왼쪽, 처음에 나오는 건물은 크림색과 연초록으로 칠한 식당 겸 기숙사였다. 새 단장을 했다고 들었다. 기숙사에서 얼마나 사는 걸까? 기숙사도 괜찮을까? 옆 건물은 본관이었다.

본관은 붉은 빛에 가까운 자주색, 또 노란색, 크림색으로 깔끔했다. 천천히 지나가면서 보니 본관 건물은 요(凹)자 형태임을 알았다. 본관 옆, 오른쪽에는 동아리실로 자주 사용하는 건물과 실습동이었다. 실습동은 두 건물을 이은 형태로, 본관보다 위에 있었다.

나는 그 건물들을 지나쳐 태경공고 강당으로 갔다. 태경공고 입학식은 면접 때 갔던 강당에서 했다. 면접 때 보았던 거친 인상의 녀석들이 이젠 같은 옷을 입고 한자리에 섰다. 종남이랑 마주쳤을 때는 어색하게 인사했다.

입학식은 상투적이고 평범했다. 한때 국내에서 손꼽히던 부자 중 한 사람이라던 이사장은 나오지 않았다. 대신 그보다 아래 분이 나와서 어디선가 들었던 얘기를 반복했다. 우리 학교는 한때 손꼽히는 명문이었으며 지금도 그 전통을 어쩌구 저쩌구.

그 뒤 해당하는 과로 나눠진 학생들은 인솔 선생님을 따라 교실로 향했다. 요(凹) 모양 오른쪽 맨 끝 4층 교실이었다. 들어가는 길에 씨발 존나 멀다 생각했다. 학교가 크면 통학 시간이 길어진다. 커서 좋은 것보다 작아서 좋은 게 훨씬 큰 장점이라는 생각이 들었다. 어차피 계속 다녀야 하니까 어쩔 수 없지만 말이다.

다른 고등학교가 이런지는 모르겠지만 내부 대부분은 나무가 아닌 돌이었고 신발을 신고 다녔다. 실내화가 필요 없다는 얘기였다. 교실이나 책상, 책상 간격까지 중학생 때보다 1.5배 정도 넓었다. 인솔해준 선생님이 말했다.

"여기는 컨닝 하고 싶어도 서로 너무 멀어서 못 하는 곳이다."

그리고 교실에 앉혀놓곤 시험지를 돌렸다. 이게 뭐지? 하고 풀었다. 모르는 문제와 아는 문제가 있었는데, 모르는 게 더 많았다. 나중에 보니 고등학교 수준의 문제도 몇 있었단 얘길 들었다.

생각했던 대로, 이 시험은 나름의 학생 테스트였으며 반을 가르기 위한 기준이라고 했다. 예를 들면 홀수 등수는 1반, 짝수 등수는 2반, 이런 식으로 말이다. 어쨌든 나는 아는 문제는 자신 있게 풀었고 모르는 문제는 찍었다. 등수는 나오지 않았지만, 건축 디자인과 9반과 10반 중에 10반이 된 것을 보면 짝수 등수 같았다. 나는 문제를 굉장히 빨리 풀었고 남는 시간엔 자거나 그림을 그렸다. 시험지 자투리 여백에다 그리는 그림은 이상하게 집에서 그리는 그림보다 완성도가 뛰어났다.

2교시 시험인 언어 영역이 끝났을 때였다.

앞으로 시험지 종이를 구해서 그림을 그려볼까 생각하며 펜을 움직이는데 갑자기 저기서 한 놈이 오더니 내 앞에서 쭈뼛 섰다. 키는 나보다 조금 작고 뿔테 안경에다 얼굴이 가무잡잡한 녀석이었다. 여드름이 있었지만 나랑 비교하면 아예 없는 거나 마찬가지였다. 이 새끼 뭐지 속으로 생각할 때쯤 말을 걸었다.

"안녕, 난 강경현이야."

목소리는 애 같은 경현이란 녀석이 말을 이었다.

"멀리서 봤는데 괜찮은 녀석인 것 같았어. 친하게 지내자."

"어? ……그래. 나는 장태인이야."

나는 소름끼칠 정도로 닭살 돋는 장면을 누가 보진 않는지 주위를 둘러봤다. 서로 아무도 모르며 각자 눈치를 살필 때라 거의 모든 시선이 우리로 쏠렸다. 강경현은 철부지 삼류처럼 굴었다. 씨발, 뭐야 이거. 쉬는 시간 동안 어색한 몇 마디를 주고받고 시험을 치다 보니 점심시간이었다. 우리는 점심을 먹으러 기숙사 건물로 향했다. 우리는 느긋한 반면, 다른 녀석들은 점심 식사를 공격하기 위해 돌진했다.

"내가 왜 괜찮은 녀석인 것 같았어?"

"그림을 잘 그리더라구. 그리고 가방에 책이 보이길래. 그림 그리는 애랑 친해지고 싶었어."

가방에 있던 책은 '중력의 임무' 라는 SF책이었다.

"아 그래." 나는 멋쩍게 웃었다. "존나 민망하게, 애들 다 보는데서."

"나도 민망하더라."

강경현도 웃었다. 경현이가 물었다.

"책 좋아해?"

"좋아하게 됐지."

"나도 좋아해."

"그래?"

나는 그러고 말았다. 묻자니 귀찮아질 듯해 그만두었다. 수다
쟁이는 질색이다. 내가 말이 없자 경현이도 말을 꺼내지 않았다.
앞으로 이야기할 기회는 많을 거다. 이 말없음에 대한 공유도 우
정의 한 방법이리라.

식당은 학생증 바코드를 찍어 들어가야 했다. 보니 학년마다
학생증 색이 달랐는데, 1학년은 파란색, 2학년은 노란색, 3학년
은 빨간색이었다. 뚱뚱한 공익 요원이 바코드 앞에 앉아 지켜보
았는데, 식당에 들어오는 학생들 수가 남은 복무 일수 정도 되는
듯한 모습이었다.

반찬은 맵게 졸인 닭고기 두 점, 데친 브로콜리, 콩나물국, 배
추김치였다. 우리는 식판으로 밥과 반찬을 받아 들고 남은 자리
로 가서 앉았다. 창밖은 을씨년스러운 회색이었다. 시간은 한낮
인데, 느낌은 흐린 저녁 오후였다.

"중학교는 어디 나왔어?"

내가 물었다.

"동대전중 나왔어."

"어딘지 모르겠다."

"너는 어딘데?"

"거양 중학교."

"가양 아니고 거양? 거기 아는 애 있는데. 박진수라고 알아?"

"모르겠는데."

"친한 애는 아닌데 그냥 거기 다닌대서."

밥은 괜찮았다. 먹을 만했다. 경현이가 물었다.

"밥 어때?"

"괜찮은데. 중학교 때보다 나아. 중학교 땐 형편없었어, 존나."

"나도 괜찮네. 이 정도면 먹을 만해."

아직까지 친하다고 할 정도는 아니었다. 뭐든 단계가 있기 마련이다. 얘가 나랑 잘 맞는다면, 그런 단계는 금세 지나갈 것이다. 지금처럼 상대를 의식하며 먹는 밥도 나중에는 의식하지 않고 자연스레 먹으며 얘기하게 되겠지. 아님 말고.

밥을 먹은 뒤 잔반을 버리고 천천히 교실로 돌아왔다. 교실은 싸했다. 혼자서 MP3를 듣거나 PMP를 보고, 핸드폰을 만지작 대는 녀석이 대부분이었다. 우리 둘만 어색한 사이가 아니었다. 그렇지만 우리가 가장 곤란했는데, 여기서 얘기를 나누자니 눈에 띄고, 또 막상 할 얘기도 없기 때문이었다.

눈에 띄면 별로 좋을 게 없다. 저 새끼 뭐야, 하는 쓸데없는 관심은 사절이다. 그렇다고 쌩까고 혼자 엎드려 자려니 괜스레 경현이 눈치 보이고. 근데 경현이가 나 좀 쉴게, 하곤 MP3를 들으며 자기 책상에 엎드려 자버렸다. 뭐야 이 새끼, 나는 속으로 중얼거리며 나 역시 혼자서 MP3를 들으며 쉬었다.

점심시간이 끝났고 남은 시간은 시험이었다. 아까처럼 풀고 찍고 잤다. 자는 도중에 웅성거림이 들려 일어났다. 시험 시간인데 뭐하는 거지, 눈을 드니 밖에 눈이 펑펑 쏟아졌다. 창밖 절반이 내려다보이는 대전이었고 나머지 절반이 대전을 덮는 눈발이었다. 소리가 커지자 선생님은 다시 우리를 조용히 시켰다.

시험이 끝나도 눈은 그치지 않았다. 눈발이 약해질 기미도 없었다. 화장실을 오가고 경현이랑 복도에서 이야기하는 도중에도 눈이 내렸다. 우리만이 아니라 예전부터 알고 지내던 다른 녀석들도 서로 복도에서 얘기했는데, 전부 눈 얘기였다. 100년 만에 폭설이라는 말을 얼핏 들었다. 바람도 거셌다. 슬슬 걱정 들었지만 어쩔 수 없는 노릇이었다. 시험을 망칠까 하는 걱정보다 집에 무사히 갈 수 있을지 걱정이 앞섰다. 마침내 마지막 시험이 끝났다. 집에 갈 때 담임 선생님이 진심을 담아 무사히 가라고 얘기해주셨다.

"집이 어디야?"

같이 건물에서 나오며 경현이에게 물었다.

"중리동."

"아, 나는 읍내동인데."

"크게 멀진 않네?"

"너는 몇 번 타는데?"

"가양 사거리에서 315번 타면 돼."

"나는 앞에서 310번 타야 하는데."

우리는 건물 밖으로 나왔다. 입구에서 망연하게 하늘을 바라보는 녀석들이 많았다. 우리도 잠시 서서 흩날리는 눈발을 보았다. 그리고 쌓인 눈을 보았다. 나는 신나게 웃으며 말했다.

"야단났는데. 좆됐네 씨발."

"일단 가보자."

"그래."

발을 내딛으니 눈이 종아리까지 덮었다.

"존나 많이 내렸다!"

"차도 못 가겠다."

하지만 우리는 뭐가 좋은지 실컷 웃었다. 건물 앞에서 눈싸움하는 녀석들도 몇 있었다.

우리는 갯벌을 걷듯 크게 내딛으며 걸었다. 학교 앞 정류장까지 갔다. 버스가 왔지만 들어가지 못했다. 방학 때 읽은 책 중 빅뱅에 관한 부분이 떠올랐다. 빅뱅은 대폭발이 아니라 대팽창 개념에 가까웠다는 내용이었는데, 버스가 대팽창을 일으킬 지경이었다. 사람들이 뒤에서 버스를 미는 게 더 빠를 듯 싶었다. 우리는 결국 버스로는 답이 없다 판단하고 걸어갔다.

바람은 거대한 도깨비가 자기 다리만한 방망이를 휘두르는 듯 난폭했다. 그 도깨비가 잇새 사이로 소리를 내듯 바람소리가 휘몰아쳤다. 하늘에서 보름달만한 얼음 별을 통째로 갈아서 뿌리는 것만 같았다.

우리는 뭐가 그리 좋은지 걸어가며 실컷 웃었다. 내가 웃으니 경현이까지 웃었다. 방학 때 웃지 못한 웃음까지 오늘 다 토해냈다. 눈 사이로 푹푹 빠지는 내 다리가 웃겼고, 다른 사람들이 푹푹 빠지는 꼬락서니가 웃겼고, 머리와 어깨 위에 장식처럼 쌓인 눈덩이가 웃겼다. 눈 때문에 지지리도 지지부진하고 어영부영한 모든 상황이 웃겼다. 재난으로 일어난 머릿속 공황은 평생 남을 대폭소로 바뀌었다.

우리는 선비마을 뒤쪽으로 돌아가기로 했다. 그쪽이 사람이 없기 때문이었다. 역시나 사람 발자국 하나 없었다. 돌아가는 길 역시 무릎까지 쌓인 눈 때문에 만만치 않음을 몇 걸음도 걷지 않고 깨달았지만 그럼에도 우리는 즐거웠다. 우리는 우리의 선택을 후회하지 않았다.

너의 어제를 노래하며

내가 경현이에게 물었다.

"크눌프 봤어?"

"아, 헤세! 그거, 봤어!"

"푸하하하하!"

나는 웃었다. 내가 말했다.

"피 토하고 쓰러져야지!"

"쓰러지면 천국 가냐?"

"천국은 아니고 교회는 가겠다."

"아 병신아."

우리는 몸을 내던지고, 눈밭을 뒹굴고, 가끔 상대에게 눈을 퍼부었다.

"하― 하지 말라고 씨발!"

던지고서 달려가지만 눈이 너무 쌓여 도망치지 못했다. 잡히면 또다시 뒹굴었다. 나도 모르게 옷이 젖고 손발이 차가워졌지만 견딜 수 있었다. 이 정도는 아무것도 아니었다. 그냥 세상 전부가 재밌을 뿐이었다.

"눈 존나 내린다."

"그치."

"내일 학교 갈 수 있을까."

"휴교했음 좋겠다."

"대전에 이만큼 내린 적 있었나?"

"원래 살기 좋은 동네잖아. 눈도 적당히 내리고 비도 적당히 내리고 딴 데보다 덥지도 않고 춥지도 않고."

"다른 데도 많이 내렸을 거야."

"이 정도면 휴교일 텐데, 모르겠다."

"얼른 집에 가자."

경현이도 나만큼 재밌어했다. 이건 분명했다. 말하지 않아도 알았다. 눈 쌓인 선비마을 뒷길을 쭉 걷다 매봉중학교에서 한마음아파트 쪽으로 빠졌다. 우리는 헤어지지 않기 위해 같이 길을 더 걸었다. 한마음아파트를 지나, 동부경찰서 네거리를 건너 주공아파트 쪽 철도가 보이는 길까지 같이 갔다. 그곳에 가서야 우리는 어쩔 수 없이 헤어졌다.

"내일 보자!"

"그래, 무사히 보자."

우리는 서로 반대 방향으로 향했고, 나는 거기서 평소보다 더 오래 걸어서야 집에 도착했다. 집 앞 경사에서 꽤 고생했다. 그러나 눈 내린 당산과 그 아래 읍내동 풍경, 그리고 언덕에서 바

너의 어제를 노래하며

라본 대전 풍경, 눈 쌓인 골목과 하얀 지붕이 되어버린 낮은 기와집들 때문에 모든 것이 괜찮아졌다.

나는 눈을 털고 집에 들어간 뒤 평소보다 일찍 뻗어버렸다. 알고 보니 정말 100년 만의 폭설이었고, 온 지역이 휴교라고 했다. 하지만 대전은 예외였다.

9

＊
◆
✕

　다음 날 아침엔 30분 일찍 출발했지만 아슬아슬하게 도착했다. 며칠 동안 눈 때문에 서둘러야 하는 상황이었다. 등하교는 힘들었지만 경현이랑은 더 친해졌다. 눈에 띌까 봐 대놓고 티내지는 않았지만 말이다.

　일주일이 지났다. 그 사이에 학교의 많은 규칙들을 알았고, 또 학급의 규칙을 정했다. 새롭거나 특별할만한 게 없었다.

　생각해보면 우리도 학교생활만 10년 가까이 했다. 해오던 대로 키 큰 녀석들은 뒤로 작은 녀석들은 앞으로 갔다. 공부 잘하는 녀석과 못 하는 녀석도 신경 써서 앉았다. 그리고 청소 순서, 방법. 청소는 일주일씩 번호순으로, 10번 단위로 바뀌었다. 두발에 관해서는 서로 민감했는데, 어쨌든 너네가 지켜야 한다는 쪽으로 선생님이 말했다. 나야 머리보다는 그림, 만화가 중요했다. 이발하기가 귀찮기는 하지만.

번호는 이름순이었다.

1. 강경현	2. 강전웅	3. 권구영
4. 금성식	5. 김민혁	6. 김장현
7. 김한준	8. 김형인	9. 나승범
10. 박기환	11. 박재준	12. 백용찬
13. 변정진	14. 성만길	15. 송석천
16. 송윤중	17. 신남규	18. 안정연
19. 오승희	20. 은두양	21. 이강혁
22. 이영완	23. 이태일	24. 임인균
25. 장주원	26. 장태인	27. 정만진
28. 채주영	29. 최문성	30. 한승경
31. 홍평엽	32. 황노래	

학번은 학년, 반, 번호순이었다. 내가 1학년 9반 26번이니 학번은 10926이었다.

시간표는 이랬다.

월요일	화요일	수요일	목요일	금요일	토요일
사회	정보	국어	도덕	과학	특활
수학	정보	영어	수학	국어	특활
제도	국어	영어	과학	체육	과학
제도	국어	사회	체육	영어	
제도	공업	미술	음악	제도	
제도	사회	재량	영어	제도	
제도	수학	수학			

금요일 5, 6교시 제도는 기초 제도였다. 월요일 제도 수업과 다른 과목이었다.

시간표는 중학교 3학년 때보다 조금 더 많았다. 전보다 늦게 끝나 집에 돌아간다는 규칙이 낯설었다. 국어, 영어 등은 실업계 과목보다 적었다. 다른 녀석들은 저녁까지 공부할 텐데, 괜찮은 걸까 걱정도 들었다. 좋은지 좋지 않은지 알 수 없었다.

과목별 담당 선생님이다.

사 회	수 학	제 도
김은옥	진대용	선창화

정 보	국 어	과 학
배승오	김승겸	문용식

공 업	영 어	미 술
한상환	박기습	차치영

너의 어제를 노래하며

도 덕	체 육	음 악
송수정	하광희	윤재순

기초제도
오윤철

담임 선생님은 국어 담당인 김승겸 선생님으로, 학생부라고
했다.

40대 초중반으로 보였고 강단 있는 아저씨였다. 담임 선생님
은, 쓸데없는 짓은 하지 말라고, 우리 9반은 본인이 직접 관리
할 거라고 말씀하셨다. 무섭게 말하시긴 했지만 나는 오히려 저
러는 편이 나았다. 엄할 때는 엄하고 풀어줄 때는 풀어주며 수업
끝나는 시간에 맞추려고 질질 끌지도 않았다. 한마디로 맺음과
끝맺음이 확실했다. 기선 제압과 융통성의 중요함을 아셨다. 선
생님은 "남자애들은 뒤끝이 없어 좋아"라며 남학생인지 남학교
인지 우리인지 애매한 대상을 칭찬해주셨다.

처음에 담임 선생님은 우리에게 이런저런 규칙을 정하라고 맡
겼다. 하지만 우리는 서로에 대해 잘 몰랐고 영 미적지근했다.
결국 본인이 직접 나섰다. 그러자 순식간에 규칙이 정해졌고, 다
음 정해야 할 규칙까지 나아갔다. 정해지고 보니, 오히려 선생님
이 자기 나설 구실을 만들고 본인이 원했던 규칙을 정한 게 아닌
가 싶었다. 그 흐름이 싫냐고 묻는다면 그건 아니지만. 따지자면
오히려 편했다.

수학 선생님인 진대용 선생님도 담임 선생님이랑 비슷한 과였다. 강단 있는 아저씨. 차이라면 담임 선생님보다 농담이 많고, 야한 농담도 곧잘 하셨다. 남학교라서인지 분위기 띄우는 데 제법 잘 먹혔다.

기초 제도 오윤철 선생님은 아저씨와 할아버지의 중간이었다. 틈만 나면 태경공고의 찬란한 시절과 학교를 빛낸 몇몇 선배에 관하여 이야기했다. 얼마 되지 않아 조는 녀석이 생겼는데 조는 녀석을 건드리지 않았다. 학생들은 지겨워하는지도 모르는 채 스스로 취한 듯싶었다.

사회 선생님인 김은옥 선생님은 교육에 대한 이상이 투철했다. 교육 정책에 대한 비판을 서슴지 않았다. 꿈과 현실을 강조했는데, 언제나 목표를 높게 잡아야 합니다, 좋은 학교로 가야 꿈과 가까워집니다, 라고 자주 말했다. 정부에 대한 비판은 덤이었다. 그래도 가르치는 요령은 상당해서 별 불만은 없었다. 이런 분도 한 명 정도는 있어야 재밌다.

정보 선생님 배승오 선생님이랑 공업 선생님 한상환 선생님은 젊은 남자 선생님이셨다. 열의는 가득한데, 어떻게 할지 몰랐다. 뜻대로 되지 않으면 크게 실망하거나 화를 냈다. 두 분의 차이점은, 배승오 선생님은 실망하고 한상환 선생님은 어떻게든 자신의 요령으로라도 풀어보려는 방식이었다.

과학 문용식 선생님은 수업에 대한 의지보다는 수업을 빨리

너의 어제를 노래하며

끝내고 쉬려는 의지가 남달랐다. 30대 초반 정도로, '빨리 끝나면 서로 좋으니까'를 달고 살았다.

미술 차치영 선생님은 붓보다 바벨이 어울렸다. 사정없이 튀어나온 근육만큼이나 성격도 남자였다. 미술 수업 첫날이었다. 우리 반 이강혁이 긴 머리에 젤을 바르고 귀에 피어싱을 한 채 왔다. 미술 선생님은 자기소개를 하시고는 이강혁을 보곤 너 뭐야, 학교에 그렇게 하고 오는 거냐, 톤 굵은 목소리로 말했다. 이강혁은 깐족거리면서 아 집에서 하고 왔는데요, 했다. 차치영 선생님은 대답도 않고 이강혁에게 다가가 뺨따귀를 날렸다. 팍! 그리고 혼이 나간 이강혁을 다시 일으키고는 아까보다 세게 네 대를 더 때렸다. 팍! 팍! 팍! 팍!

이강혁은 고개를 숙이곤 얌전히 피어싱을 풀었다. 더 이상 깐족거리지도 않았다. 지켜보는 나머지야 더 말할 필요가 있을까. 미술 선생님은 첫 시간이 끝날 때 자기도 학생부라고 말씀하셨다.

도덕 선생인 송수정 선생님은 꽤 미인이었으나 그것뿐이었다. 노는 녀석들에겐 자기들 취향이 아니었다. 나나 경현이 같은 숙맥에겐 그냥 도덕 선생님일 뿐이었다. 우리는 진짜 예쁜 여자들은 화장실도 가지 않는다고 믿는 녀석들이었다. 20대 중후반으로 보였는데, 딴내 나는 학생들 사이에서 어떻게 해야 할지 갈피를 잡지 못하는 듯했다. 그대로 1년 내내 이어질 것 같았다.

체육 선생님은 나이 드신 분이었다. 딱히 수업이 없었다. 우리 보고 알아서 놀라고 하셨다. 체육 시간이 제일 좋았다. 1학년 때는 좋지만 2학년 때도 좋다는 보장이 없었다. 왜냐하면 이 선생님이 2학년 때 교련을 맡아서 하시기 때문이었다. 교련 시간만 되면 성질이 유난히 괴팍해진다고들 했다. 대체 어느 시대의 교련인가.

영어 선생님은 재밌는 분이셨다. 농담으로 자기 이름 박기습을 사용하기도 했으나 주로 같이 들어오는 탐 레딩션 선생님을 놀렸다. 한국말을 모른다고 대놓고 한국어로 놀렸다. 미국에는 이런 거 없죠? 어메이징 아메리카! 웃으면서 하면 레딩션 선생님은 뭔지도 모르고, 오우 아메리카! 하는 식이었다. 애들도 웃었다. 한 편으로는 사람을 바보 만드는 농담이 부끄럽고 미안했다.

선생님과 학생들의 틈바구니는 가혹하지 않았다. 실업계라고 해서 반 모두가 대전에서 한 가닥 하는 녀석들은 아니었다. 교실 안에서 대놓고 담배 피는 녀석도, 트집을 장난인 양 굴다 주먹다짐을 부른 녀석도 없었다. 돈을 뜯지도 뜯기지도 않았다. 내게는 중학 생활의 연장일 뿐이었다. 굳이 다르다면 노는 녀석들의 비율이 많아진 정도. 마주친 종남이도 같은 말을 했다. 다른 학교도 마찬가지일까.

새 교과서를 받고 하나씩 훑으며 어떻게 낙서할지 견적을 냈다. 중간에 재미난 부분도 보였다. 수학, 과학은 전혀 모르니까 신기해서 재미났고, 영어는 사진 보는 재미, 지리나 사회는 원래 좋아했으니 관심이 갔다. 막상 공부한다면 지금의 흥미는 온데 간데 없어지겠지만 말이다.

10

가장 흥미로운 교과서는 제도 교과서였다. 보지 못한 교과서였으며 여러 건축물들을 보는 재미가 있었다.

제도 선생님인 선창화 선생님은 30대 중반 정도로 보였다. 다른 선생님들에 비해 젊은 편이었다. 선창화 선생님은 교실 빔 프로젝터를 이용해 큰 화면으로 여러 건축물들을 보여주었다. 구멍 뚫린 통조림 같은 괴상한 건축물에서 빛의 십자가를 만드는 성당까지 종류가 많았다. 딱 봐도 첨단인 높은 건물에 조각으로 도배한 건축물도 이어졌다. 신기해서인지 다들 집중했다.

"저 깡통 같이 생긴 건물이 성당입니다."

저런 데 다니면 신앙이 더 깊어지나, 생각하는데 선생님이 이어 말했다.

"롱샹 성당이라고 합니다. 직접 안에 들어가 보면 저 구멍 사이로 적당한 빛이 들어와 꽤나 멋있습니다. 바깥에서 보는 거랑 완전 딴판이죠."

통조림 건물 사진에 정신이 팔린 동안 선생님이 말했다.

"건축하는 사람들에겐 유명한 곳입니다. 가보면 한국어 낙서도 보이죠. 낙서는 하면 안 됩니다."

다음 사진은 숲 속 집 한 채였다. 평범한 듯 보이는 이 집의 문제는 집 아래에서 졸졸 흐르는 물이었다. 산 속 개울 끝과 끝에 집을 걸쳐놓은 듯했다.

"지금도 있으려나 모르겠네. 프랭크 로이드 라이트가 설계한 낙수장입니다. 아래 물 흐르는 거 보이시죠?"

바르셀로나 국제전시관 독일관을 보여주며 선생님이 말했다.

"장식이 적을수록 의미는 풍부해진다."

선창화 선생님은 우리들을 돌아보았다.

"나는 여러분께 장식을 빼는 법과, 기초를 가르쳐드리겠습니다. 제도는 많은 부분을 신경 써야 해요. 수학의 방정식과 물리 원리, 재료를 통한 역학 등 정말 여러 가지입니다. 절대 쉽지는 않아요. 하지만 재미는 있을 겁니다. 자신의 상상을 구체화시키고 더 나아가면 눈앞의 실체로 거듭나기 때문입니다. 원했던 것이 이루어지는 겁니다. 자신이 살 집을 실용적인 디자인으로 꾸

밀 수도 있고 아까 깡통 같은 복잡한 예술이 될지도 모르죠. 절대 급하게 나아가지 않겠습니다. 여러분이 누구든 무엇을 했든다 이끌고 가겠습니다."

제도 선생님은 한 마디를 덧붙였다. "제도 수업은 3년짜리입니다. 저랑 계속 보게 될 겁니다."

약간 웅성거림이 일었다. 선생님이 주도권을 잡지 못해 떠드는 상황과는 다른 양상이었다. 나도 경현이랑 눈빛을 교환했다.

쉬는 시간 점심시간에 경현이랑 제도 수업 이야기를 했다. 경현이도 나처럼 제도 수업에 많이 기대했다. 기대 때문에 반 녀석들과 분위기를 살피던 긴장도 누그러졌다.

"제도 재밌을 것 같아. 너 잘 하겠네, 그림 잘 그리잖아."

"그거랑 이거랑은 다르지. 재밌을 것 같긴 해. 존나, 좀 어려울 것 같기도 한데."

"역시 수학이 좀. 음. 많이 어려울라나?"

"이차방정식까지만 알면 된다며. 그 정도면 할 만할 것 같은데."

"뭔 방정식이여. 방정식이 뭐여. 초등학교 때 수학 포기했는데."

"야, 초등학교면."

너의 어제를 노래하며

"관심은 있어. 아직도 그렇고. 근데 한 번 놓치니 못 따라가겠는 거야 시발. 기회도 없어. 패자 부활전 이런 거 있으면 얼마나 좋아. 건축 잘하면 좋은데- 자기가 살 집도 설계하고."

경현이는 헛소리를 했다.

"히나타장 같은 거 만들고 싶다. 만들면 좋잖아."

갑자기 러브히나를? 내가 대답했다.

"병신아, 만들면 뭐해, 안에 누가 있는지가 중요하지. 그리고 여자애들이, 그 씨발 팬티 쪼가리 그거 봤다고 목검으로 장풍 날리고 미사일 쏘는데 너 같으면 살겠냐?"

경현이랑 나랑 실실 쪼개면서 주고받았다.

"오히려 야근 병동을 만드는 게 좋을지 몰라. 어쨌든—,"

내가 '어 이 새끼 보게?' 하는 표정을 지었으나 경현이는 화제를 돌렸다.

"어쨌든 건축 잘하는 사람이 글도 잘 쓴단 말야. 이상도 그렇고 비트겐슈타인도 그렇고. 비트겐슈타인은 작가는 아니지만."

눈길 위를 걸으며 경현이랑 주고받은 이야기를 떠올렸다. 책 이야기와, 글을 쓰기를 좋아한다는 말.

"너 근데 학교에서 글도 안 쓰고 책도 잘 안 보잖아."

"그거야 분위기 때문에 그렇지. 그렇게 하고 있으면 애들이 만만하게 보고 괴롭혀. 공부 잘하는 게 아니면. 예전에도 그래서 그랬단 말야."

나는 경현이 말 속의 맥락을 파악했다. 그랬단 말이군. 하긴 어디 가서 싸움질 할 외모는 아니었다. 경현이가 말했다.

"뭐 어쨌든 잘했으면 좋겠어. 재밌을 것 같아."

제도 시간이 다섯 시간씩이나 했다. 제도 선생님은 처음 두 시간은 건축물과 건축물에 대한 설명을 재미있게 푸는 데 할애했다. 그리고 한 시간은 3년간 어떻게 나아갈지 개괄해주셨다. 끝에는 제도 샤프와 자 등 준비물들을 챙겨오라고 하셨다. 제도 샤프가 이런 데 쓰는 거였구나 깨달았다. 제도 선생님은 제도실을 알려주시며 다음 주부터는 제도실로 오라고 하셨다. 요(凹)자 건물 3층 오른쪽 맨 끝이었다. 우리 교실 바로 밑이라 멀지 않았다.

마지막 두 시간은 담임선생님 부탁으로 바뀌었다. 반장, 특활, 청소구역, 이런저런 것들을 정해야 하기 때문이다.

음악실은 제도실 바로 위층이었다. 제도실보다 교실에서 더 가까웠다. 방음 처리가 되는 쿠션 같은 문으로 들어가면 안쪽은 예배당 느낌이었다. 좌우로 예배당 의자들이 놓여 있었다. 앉는 동시에 뒷사람은 책상으로 쓰는 긴 의자인데, 한 의자에 다섯 명씩 앉았다. 서른둘이니 긴 의자 일곱이면 충분했다. 앞쪽은 오디

너의 어제를 노래하며

오랑 정리된 음반, 티비 등이었다.

음악 시간도 괜찮았다. 수행 평가랑 시험은 그때만 신경 쓰면 점수를 잘 받는다고 하셨다. 다른 설명은 없었다. 클래식 음악을 설명 영상과 함께 나오는 비디오로 틀어주던지 음악뿐인 음반으로 틀어주는 것뿐이었다. 일찌감치 자도 별말이 없었다. 학교 관악부 홍보는 많이 했다. 음대로도 진학 가능하고 음악 점수도 잘 받고 어쩌고.

클라리넷, 호른 등 악기도 해보고 싶었으나 그림을 생각하며 마음을 접었다. 취미 수준으로 하고 싶은 학생은 받지 않겠지. 알고 보니 입학식 때 태경공고 관악부가 애국가랑 교가, 행사에 필요한 음악을 연주했다. 치솟은 모자에 빨간 옷, 금줄이 달렸던.

나는 관악부보다는 음악 듣기가 더 좋았다. 다른 녀석들처럼 클래식을 들으며 잠들지 않았다. 오히려 열심히 들었다. 집에서 컴퓨터를 사용하는 한 시간 동안 채연이랑 얘기하며 음악을 찾고 들었다.

최근에 빠진 장르 그리고 밴드는 프로그레시브 락, 그중에서도 그룹 예스였다. 마이너함이 기준이었다. 음악의 좋고 나쁨은 모르겠고 단지 특이해 보이고 또 별나 보이기 때문에 들었다. <더 예스 앨범>부터 <빅 제네레이터>까지 아버지가 사준 MP3에 넣고 들었다. 특별한 일이 없으면 항상 귀에 이어폰을 달고 지냈다.

비슷한 이유로 클래식에 집중했다. 욕구랄까, 호기심이 섞인. 다만 나는 뭐가 좋은지도 모르면서, 혹은 진심으로 느끼지도 않았으면서 대단하다고 주장하는 짓은 그만두었다. 아직은 나도 잘 모르고 계속 들어볼 뿐이었다. 방학 중에 책을 보았듯 말이다.

생각해보면 중학교 때 나를 포함해서 어떤 녀석들은 뭣도 모르고 하는 오덕질이 특별해 보이고, 좋은 의미로 또래보다 더 나이든 것도 같고, 그래서 묘한 우월감에 가끔 또래 녀석들을 내리깔아 보았다. 단지 다르다는 이유 때문에 빠져들고, 진심으로 감동하지 않았으면서 '다르다'는 정체성을 유지하기 위해 파고들고, 언제부턴가 헤어 나올 수 없는 경우도 보았다. 그것만 알 뿐이니까. 감동받은 척하는 자신의 행동에 스스로가 결국 속아서 말이다. 인터넷에서 클릭 한 번만 제대로 하면 그런 사람들은 수십 명씩이었다. 굳이 음악만이 아니라, 그림을 그리면서도 그런 녀석들을 많이 보았다.

그래서 나는 조용하기로 했다. 호기심과 정체성이라는 동기는 두고 허세는 빼서 담백해진 상태로 말이다. 물론 말할 상대가 없어서 외롭기는 했다. 외로움에서 오는 고독감을 이상한 우월감으로 착각하는 실수도 이제는 저지르지 않는다.

경현이는 나나 다른 녀석들과 달랐다. 클래식이 나올 때 눈을 반짝거리며 즐겁게 들었다. 가끔 공책에 무언가를 적기도 했다.

음악 시간이 끝나고 경현이랑 교실로 갔다. 경현이가 말했다.

"나는 클래식 좋던데."

"많이 알아?"

"아니 그런 건 아니고. 그냥 몇 작곡가에 몇 곡정도. 별건 아니고, 그냥 좋으니까."

"나도 관심 있긴 한데 프로그레시브 락이 더 좋아서……."

"누구? 핑크 플로이드? 킹 크림슨?"

나는 놀랐다.

"어? 알아?"

경현이가 당연하게 말했다.

"알지 그럼! 왜 모를까봐."

"나도 들은 지 얼마 안 돼서. 뭐 그냥 듣긴 한데, ―근데 존나 신기한데, 아는 사람을 못 봐서."

"많이 안 듣긴 해."

경현이도 인정했다.

"뭐 근데 나도 그냥 찾다보니."

"나는 예스가 괜찮아서. 예스 들어."

경현이가 반색했다.

"예스 좋지. <프레질>하고 <클로즈 투 더 엣지> 좋다는데, 음, 역시 이유가 있어. 테크닉이 좋지 않아? 음이 맞물리는 게."

나는 신기해서 실실 웃었다.

"좋지. 근데 존나 신기하네."

"나도. 음악 파일 이것저것 있으니까 보내줄게."

"나야 존나 좋지."

경현이는 많이 알았다. 예스에 관해서도 그랬다. 자신이 아는 정보를 이야기해주었다. 멤버들. 존 앤더슨은 반젤리스랑 있었고, 빌 브루포드는 킹 크림슨의 멤버로도 활동했다는 이야기들. 몇 집에서 합류하고 몇 집에서 헤어지고. 즐겁게 얘기하는 모습에, 동지를 만났다는 나 역시 반가웠다. 잘난 척, 가르치려는 모습이 없어 특히 좋았다.

학교생활이 갑자기 마음에 들었다.

너의 어제를 노래하며

#3

2004년 3월 중순,

어느새 스며드는

가장 중요한 질서는 리더이다. 리더의 행동 자체가 모임이나 집단의 성격이다.

반장이라는 위치, 나는 반장이나 부반장 따위의 감투를 써본 적이 없지만 몇 년 동안 투표했으며 또 겪었다. 반장 부반장은 선생님을 도와 반을 신경쓰고 심부름꾼 역할을 한다. 혹은 자기가 반 분위기를 주도한다. 반장이 선의와 카리스마 둘 다 가진 드문 경우에는 반이 이전보다 좋아졌다.

중1 때 반장은 좀 재수 없는 녀석이었다. 하지만 불쌍하기도 했다. 내가 반장이니까 선생님이 안 계실동안 이렇게 저렇게 해라 명령조였다. 어떤 역할을 맡기가 처음인 듯했고, 그래서 반장 자리에 기뻐했다. 하지만 서툴렀다. 다른 애들은 반장이니까 반장 말을 잘 듣자는 생각이 아니었다. '너가 우리랑 뭐가 다른데?' 였다. 결국 노는 녀석들이 깝치지 말라고 때릴 듯이 굴 때야 얌전해졌다. 그 뒤론 시험지 채점 같은 잔심부름이 고작이었다. 반 분위기는 내내 어수선했다.

2학년 때 반장은 집이 잘사는 녀석이었다. 그래서 맛있는 음식을 얻어먹고 싶어 잘사는 집 녀석을 뽑았다. 예상대로 반장이 된 후 햄버거에 콜라를 돌렸다. 성격도 원만했으니 뽑힐 이유로는 충분했다. 좋은 대인 관계에 반장이라는 모자 정도가 씌워진 셈이었는데, 가끔씩 애들끼리나 선생님이 조성한 긴장상태를 완화시켰다. 특유의 밝은 목소리톤이 반 분위기를 유들 하게 바꾸었다. 너무 엇나가려 할 때에는 반장 직책의 뼈를 담아 말했는데 효과가 좋았다. 나중에는 선생님도 반장을 칭찬했다.

3학년 때는 종남이랑 비슷한 부류랄까, 놀지만 문제를 일으키지는 않았고, 오히려 재밌는 녀석이었다. 일규라는 녀석이었는데, 덕분에 우리 반은 다른 반에 비해 활발하다는 말을 자주 들었다. 간혹 지나쳤지만 말이다.

잘 드러날 때는 체육 대회 때였다. 응원상을 작정한 것 같았고, 결국 받아냈다. 반장이 아니었으면 힘들었다. 선생님은 하지 못한다. 아이들 간의 세세한 관계, 분위기. 반장을 비롯한 여러 녀석들의 성향이 불편함 없이 조화를 이루는 상황 말이다.

이처럼 중요했지만, 반장선거는 한 시간도 채 되지 않아 끝난다. 반장의 중요성을 어렴풋 느끼고 있으나 모두 금세 잊어버린다. 그리고 안다고 해도 어쩔 수 없다. 우리는 서로를 전혀 몰랐기 때문이다. 검증은 없다.

선생님은 신입생 중에서 전체 수석으로 들어온 김한준이 출마

해서 반장이 되길 강력히 원하셨다. 하지만 김한준은 한사코 거부했다. 아무도 나서지 않고 눈치만 보았다. 오승희와 권구영이라는 녀석이 장난치듯 웃으며 나왔다. 선생님이 후보를 더 찾았으나 아무도 나오지 않았다. 두 녀석에 대해서 아무것도 알지 못했으니, 반장 선거는 인상만으로 결정해야 하는 이미지 게임이 되었다.

기호 1번은 오승희, 2번은 권구영이었다. 먼저 출마한 순서였다. 오승희는 우리 또래보다 키가 약간 더 컸고 살짝 윤이 나는 갈색 얼굴에 젤을 바른 듯한 뻗친 머리였다. 병신 같은 양아치 차림은 아니었고, 굳이 말하자면 갸름한 일본 스타일 같은 잘생긴 축이었다. 어쨌든 노는 놈처럼 보이긴 했지만.

권구영은 하얬고 살짝 옆으로 찢어진 눈이었다. 얼굴 각이 분명했다. 오승희 머리가 킹오파의 신고라면 권구영은 쿄에 가까웠다. 젤로 내린 머리. 오승희에 비해 논다는 인상이 덜했다. 둘 다 공약을 발표하는 자리에서 잘하겠다고 어물거릴 뿐이었다. 오승희 쪽이 더 건들건들한 톤이었다. 이어서 투표.

내가 본 인상을 증명하듯 21표로 권구영이 당선되었다. 애매한 축하 박수와 어영부영 소감 발표가 끝났다. 오승희가 부반장이었다. 슬쩍 걱정이 들었지만 섣부르게 판단하지 않기로 했다. 아직은 아무것도 모르니까.

그 다음에는 특활 시간에 들어갈 부를 정했다. 일본 애니메이션 감상부, 만화 그리기 부가 눈에 띄었다. 등산부, 설계부. 설계부는 별나 보이는데, 제도랑 비슷한 건가? 그리고 전통의 독서부, 영화감상부 등이었다. 몸이 덜 고생하고 일찍 끝날 듯한 부에 사람이 몰렸다.

선생님은 처음에 양보를 권했지만 그래도 정원 초과일 때에는 가위바위보로 정했다. 나는 만화그리기부로 가려고 했지만 미술 선생님이 지도할 것 같아서 독서부를 골랐다. 책도 좋으니까. 경현이도 독서부였다. 그리고 나는 일본 애니메이션 감상부에 손든 녀석들을 보았다. 그 녀석들의 얼굴을 익혀두었다.

특활을 정한 뒤엔 방과 후 활동 등을 골라야 했다. 이건 반드시 고를 필요는 없지만, 어쩌면 가장 잘 골라야 할는지도 모른다. 고등학교 3년이 아니라 인생의 방향이 될지도 모르니까. 담임 선생님은 학생부이면서 진학부 국어를 담당하셨다. 진학부는 말 그대로 좋은 대학교 가고 싶어 하는 녀석들이 모인 곳이었다.

"가장 괜찮게 간다 하는 곳이 한기대 충남대 정도이다. 국립이고 학비도 싸니까. 한밭대도 좋고. 정말 잘하는 놈은 실업계 전형으로 연대까지 갔었는데 이번에는 없다."

담임 선생님은 진학부가 쉽지 않음을 강조했다.

"인문계 학생들이 밤 10시까지 공부하는 데 비하면 한참 모자라지. 학교 끝나고 한 시간 밥 먹고 두 시간 공부해도 여덟 시 이십 분이다. 최대한 실업계라는 이점을 살려 진학하려는 부이니까 국영수만 하고. 따라잡으려고 이렇게라도 하는 거다."

진학반 저녁밥도 학교 급식이라고 하셨다. 그리고 진학반 안에서도 수준별로 나누어 관리한다고 했다. 질문하는 녀석도 나왔다. 아마 정만진이라는 이름이었던 거 같은데.

"학교 수업이랑은 별개인가요 ? "

선생님이 대답했다.

"좋은 질문이다. 진학반 수업은 학교 수업도 같이 보충하는 것이다. 시험 기간 때는 시험공부 위주로 하고. 수시의 비중이 높기 때문에 특히 더 신경 써준다."

정만진이 고개를 끄덕였다.

"지금도 뽑겠지만 나중에 또 원하는 사람들은 따로 와서 신청해도 된다. 다른 부도 마찬가지다. 하지만 진도를 따라잡기 어렵고 진학비를 똑같이 내는 것은 손해일 것이다. 그러니까 생각이 있다면 망설이지 말고 얼른 오는 것이 좋다. 하고 싶은 사람."

그러자 몇 명이 손들었다. 좀 의외였다. 진학에 신경 쓰는 녀석이 생각보다 많다니. 신경을 써도, 바로 손을 들다니. 아까 질문한 정만진을 포함한 여섯 명이었고, 선생님이 반장으로 밀려던 김한준은 의외로 손을 들지 않았다. 선생님이 김한준에게 말했다.

"어이, 한준이. 너는 안 할 거냐."

그러자 김한준은 저는…… 별로…… 라며 얼버무렸다.

선생님은 손 든 학생들 이름을 적고 방과 후에 와서 상담하자고 하셨다. 이윽고 다른 부 소개였다.

"내가 일단 말하지만 해당 담당 선생님들이 또 말할 거다. 하고 싶은 게 있으면 언제든지 말해라. 나도 좋고 담당 선생님에게 찾아가도 된다."

방과 후 활동은 특활과도 이어진다며, 선생님은 이것저것 부를 소개해주셨다.

관악반은 음악 선생님이 말해서 대강 알았다. 음대 진학뿐 아니라 진로가 아예 그쪽으로 정해지며 수업도 제대로 들어오지 못한다고 하셨다.

기술반은 진학과 취업 둘 다 연결되었다. 집중적인 실기 공부였다. 우리 건축 디자인과는 남아서 따로 제도를 배우고 각종 공모전에서 상을 타오는 게 목표라고 하셨다. 상을 타면 취업이나 대학 진학에 가산점이 붙기 때문이다. 제도 선창화 선생님이 담당이라는 점이 가장 흥미가 갔다. 그러나 나는 머뭇거렸고, 결국 손을 들지 않았다.

유학반은 중국 쪽 공대로 가기 위해 만들어진 반이었다. 우리 학교랑 자매결연 하였다고 했다. 실업계 남학교와 공대의 자매결연이라니, 차라리 호형호제결연이라고 부르는 게 좋지 않을까. 아무튼 3년 내내 중국어를 배운다. 유학비는 학교와 본인이 나누어 부담한다고 했다.

그리고 영어부가 있는데, 중국반처럼 유학을 보내는 목적은 아니었다. 영어 시간에 들어오는 탐 레딩션 외국인 선생님과 하는 방과 후 수업이라며, 수업보다는 대화하며 놀아 영어랑 친숙해지는 목적이라고 했다.

그 밖에 건축 디자인과 관련한 미술부를 말씀해주셨다. 미술부도 강하게 끌렸다. 그러나 담당 선생님이 싸대기 네 번의 차치영 선생님이라는 말을 듣고 망설임 끝에 손을 들지 못했다. 공포 분위기에서 그리면 더 잘 그려질까? 그렇다고 차치영 선생님이 아닌 다른 선생님이라도 망설이다 손을 들지 못할 것 같았다.

뭐 또 도서부 이런 곳. 어느 학교나 하나씩 있으면서도 진학이나 실기와는 동떨어진 부는 훑어 넘기듯 말하셨다.

선생님은 끝으로 담당 선생님들이 한 번 더 말씀하실 것이라고 하셨고, 또 각자 찾아가도 된다고 하셨다. 그리고 결정을 서두르지 않으면 뒤쳐진 채 출발한다고 하셨다. 선생님은 우리의 불안을 자극하셨고, 나는 불안했다. 우리 반의 3분의 1 정도가 이미 골랐고, 나머지 녀석들도 생각하는 눈치였다.

이리하여 세 시간이 순식간에 끝났다. 집에 갈 시간이었다. 하지만 경현이는 앞 번호이기 때문에 청소해야 했다.

반장의 어색한 첫 종례 인사가 끝나자 모두 자리에서 일어났다.

나는 경현이에게 다가가 물었다.

"기다려줄까?"

"그러면 고맙지. 괜찮겠어?"

"집에 빨리 가봤자 똑같으니까. 애들도 많아서 버스 앉을 자리도 없고. 한 15분쯤 있다가 본관 입구로 갈게."

"뭐 그래 그럼."

나는 본관 건물에서 나왔다. 방향을 바꿔 오른쪽 아래 출구가 아니라 오른쪽 위 출구로 나왔다. 오른쪽 아래 출구는 1층에 있었으나 오른쪽 위 출구는 2층에 있었다. 경사 때문이었다. 경사를 따라선 실습동의 모습이 보였다. 경현이를 기다리는 동안 나는 학교를 돌아보기로 했다.

본관 뒤에는 기숙사 건물과 연결된 경사로가 있었다. 하교 시간이라 북적하지만 이 길은 아니었다. 요자 건물 가운데엔 풀을 다듬은 공터였다. 학생들이 청소하는 모습도 보였다. 4층 우리 반 쪽 복도를 청소하는 녀석들도 보였다. 아직 한 마디도 나누지 않았지만 녀석들이 익숙해서 반가웠다.

경사로를 따라 내려가니 기숙사 건물이 나왔다. 낫처럼 꺾인 기숙사 건물의 끝 부분이 드러났다. 몇 계단 위에 다듬어지지 않은 풀과 관리를 하지 않아 모서리가 부서진 도로석, 허름한 문이

　　　　　너의 어제를 노래하며

보였다. 스테인레스 비슷한 재질에 유리 달린 낡고 먼지 낀 문이었다. 문에는 자물쇠가 걸려있었다. 유리문 너머를 보았다. 박쥐라도 나올 듯한 어두운 복도와 비밀의 방으로 연결되어도 이상하지 않은 나무 문이 보였다. 우리 동네만큼, 우리 동네보다 더 퀴퀴했다.

"너 여기서 뭐하냐."

나는 등이 쭈뼛 곧아 돌아보았다. 늙고 성말라 보이는 분이 막대기를 지팡이 삼아 계셨다. 목소리도 꼬장꼬장했다.

"아, 저, 그냥."

나는 얼른 물러섰다.

그분은 나를 한 번 훑어보시곤 자물쇠를 따더니 명계랑 연결된 복도로 가버리셨다. 나는 놀란 마음을 진정시키며 돌아섰다.

기숙사 건물 뒤는 뒷골목같은 인상이었다. 좁고 어두웠다. 기숙사 건물 뒤에 있는 담도 어마어마하게 높았다. 큰 건물 2층 높이 정도였다.

본관 뒤의 경사로를 쭉 내려오면, 아까 그 암흑 굴로 가기도 했지만, 다시 경사로를 따라 학교 밖으로 가는 길도 있었다. 그리고 그 반대 길은 언덕 위로 올라가는 돌계단이었다. 본관 뒤편엔 아직 녹지 않은 눈이 수북했다. 나는 돌계단 위로 올라갔다.

언덕 위는 눈 천지였다. 아무도 건드리지 않은 눈 더미를 보니 아까의 불안, 놀람 따위는 모두 잊었다. 언덕 위 공터 끝으로 가보았다. 본관 뒤 경사로랑 연결되는 길이 있었다. 철제 구조물로 차만 지나다니지 못하도록 막아놓았다.

연결되는 길 반대편엔 작은 밭이 있었다. 길과 길의 중간, 산쪽으로 난 길은 차 한 대 폭의 경사로였다. 눈으로 덮인 마른 나무들이 양쪽으로 반듯하게 이어졌고, 나무들이 손 뻗어 빛을 막은 그늘 길에서 책에서 보아온 요술들을 연상했다. 더 올라갔다. 나무가 촘촘해질 즈음에 경현이를 떠올렸고, 나는 돌아섰다.

그때 어마어마한 광경을 보았다. 이 언덕에서 하늘은 유달리 탁 트여 자지러지도록 맑았고 하늘의 품만큼 대전이 펼쳐졌다. 대동과 시내 방향, 저 멀리 중구까지 보였다. 눈이 내리지 않았지만 눈발이 묻은 것처럼, 원경으로 갈수록 희미해지고 뿌얘지며 작아졌다. 나는 이곳과 이 모습을 사랑하게 되리라고 예감했다. 그러자 바로 이곳과 이 풍경이 사랑스러웠다. 경현이만 아니었다면 해지는 모습과 야경까지 보았을 텐데.

청소 끝난 경현이에게 내가 무엇을 보았는지 말해주니 무척 좋아했다. 우리는 이야기를 더 하기 위해 굳이 비래동 버스 종점까지 걸어갔다.

12

⁂

　채연이에게 우리 학교와 경현이를 말했다. 마음에 드는 온갖 내용들을 말했다. 학교 뒤 언덕에서 보이는 대전, 선생님, 과목들을 말했다. 채연이는 부러워했다. 자기네는 다음 주부터 야자라고 했다.

　우리 대화 시간은 거의 같았다. 내가 컴퓨터를 쓰는 9시부터 10시까지 메신저로 대화했다. 그마저도 채연이가 공부 때문에 나가는 경우가 많았다.

　그때는 핸드폰 생각이 간절했다. 부모님도 사줄 의향은 충분했다. 하지만 사달라고 하지 않았다. 핸드폰에 머리를 처박는 무리 중 한 명이 되고 싶지 않았다. 불편할 때는 채연이뿐이었는데, 그 때문에 핸드폰을 사기는 아까웠다. 물론 있으면 안 쓴다는 말은 아니다. 있다면, 채연이 말고도 여럿에게 연락할 것이다. 그러나 있으면 쓸 것이라는 이유로, 핸드폰 사는 것을 납득할 수 없었다. 그때는 그때고 지금은 지금이다.

그림을 그리고 저 건너에서 열차가 지나가는 광경을 본다. 덜 커덩하는 열차 소리를 듣는다. 모두가 핸드폰을 쓰는 시간보다 가치 있다. 별나 보이려는 이유도 있다. 인정한다. 그래, 그렇기도 하다. 하지만 그게 전부는 아니다. 이유가 굳이 하나일 필요는 없다. 이것들을 한데 묶어서 이상한 고집이라고 해도 좋다. 그럴지도 모른다. 무슨 상관이겠는가? 현재 지금 보이는 풍경들이 소중하고 내겐 MP3뿐이면 충분하다.

채연이와 약속 시간을 겨우 잡았다. 이번 일요일이었다.

핸드폰을 대체할 만한 다른 수단도 많았다. 공중전화로 걸기도 했고, 경현이 핸드폰을 빌려 쓰기도 했다. 처음에는 문자 몇 통 빌려 썼다. 대충 둘러댈까 했지만, 나중에 또 빌릴 듯하여 솔직하게 말했다.

"누구한테 보내는 거야?"

"음. 아는 여자애인데……."

"뭐, 여자 친구야?"

"어…… 뭐…… 그렇지."

"개새끼야."

바로 욕이 날아왔다. 예상대로였다. 나는 채연이에게 문자를 보내며 경현이에게 말했다.

"아 좀 쓸게."

"이거 존나 천벌 받을 새끼네."

경현이는 이렇게 말했지만 웃었고 부러워했다.

"한 통당 50원씩 받을 거야 씨발."

"너 어차피 보낼 사람도 없잖아."

"야 시발 찢어 죽일 놈에 시발 놈아."

경현이는 하소연하듯 했고 슬쩍 때리려고도 했다.

"아 미안미안. 많이 안 쓸게."

"적당히 써. 개새꺄 니 말대로 보낼 사람 존나 없으니."

나는 웃으며 핸드폰을 돌려주었다.

"많이 안 쓸게. 딱 할 말만."

"문자 확인할거야. 니 여자 친구한테 너인 척하고 문자 보내야지. 사랑한다고 하면 되냐?"

"야 진짜 하지 말자."

"아 안 해." 경현이는 나를 툭 쳤다. "여자 친구 얘기나 해봐."

나는 여자친구가 있다는 게 대단하지 않다는 투로 설명했다. 어쩌다 보니, 우연에, 지내다 보니, 결국 그런 식이라고 말이다. 사실이 그랬으니까. 경현이는 남의 연애사를 즐거워했고 샘도 냈다. 그러다 태도를 바꾸어 진지하게 물었다.

"좋아하는 거야, 그래서?"

나는 쑥스럽게 음… 잘 모르겠는데 그런 것 같아, 대답했다.

"잘될 거야. 잘해봐. 오래 사귀면 좋지."

나는 경현이가 나랑 채연이가 주고받은 문자를 보지 않을 것임을, 우연히 봐도 핏 웃음으로 잊고 말아버릴 것임을 알았다. 좋은 녀석이거나 마음이 맞으면 금방 친해진다. 경현이는 첫 만남의 무리수를 빼면, 정말 좋은 녀석이었다. 그리고 마음도 맞았다. 그래서 금방 친해졌다. 얼마 지나지 않아 둘도 없는 친구라고 느낄 정도였다. 친해지고 보니 마르고 가무잡잡한 외모가 영특함의 증표로 보일 정도였다.

경현이는 많이 읽고, 의견들을 종합하여 자신이 판단하고, 예리한 직관으로 빛을 발하여 가끔 나를 놀래켰다. 가장 큰 장점은 나처럼 구분하기 애매하지만 분명히 존재하는 어떤 시기, 열등감이나 하고 싶은 일에 대한 고민을 이미 겪었다는 점이었다.

"나도 그랬었지."

그리곤 경현이는 어떤 소재에 대해 뽐내고 싶어도 사실 그 소재에 대해 많이 자신이 많이 알지 못함을 알았다. 그래서 호기심 더듬이가 사방으로 뻗었으며, 스스로가 완벽하지 않으며 또 틀릴지 모름을 쉽게 인정했다. 내가 지나치게 띄워주는 것일지도 모른다. 그렇지만 내 경험에서는 그렇다. 비래동 종점까지 한 시간 가까이 되는 길을 같이 걸어가기는, 친구라는 이유로도 쉽지 않았다. 하지만 배울 점이 있고 얘기를 주고받음이 즐거웠다.

"걔가 나보고 친구 생긴 게 부럽다던데."

걔는 채연이었다. 경현이가 말했다.

"걔보고 그 친구가 핸드폰 빌려주는 게 너무너무너무 괴롭다고 전해줘."

우리는 웃어버렸다.

경현이 이전에 나랑 친했던 상진이는 영 시큰둥했다. 나랑 나누는 짧은 대화에서도 티를 냈다. 어 그래? 그래. 자부심은 아니지만, 새로운 경험을 즐겁게 얘기해도 팟 사그라졌다.

바빠 보였고, 얼마 되지 않아 메신저 대화도 서로 거의 하지 않았다.

13

❋
◆
✕

친구가 하나 둘 늘었다. 쉬는 시간에 그림 그리는 걸 보고 잘 그린다고 끼어든 녀석도 있고, 수업에 관련하여 묻거나 말을 나누다 친해지기도 했다. 그리고 친구의 친구가 엮여 와 무리를 이루기도 했다. 그중 몇이 일본 애니메이션 감상부에 손 든 녀석이었다. 사람이 있는 곳에 가난이 있다는 말을 보았는데, 이 경우에는 사람이 있는 곳에 오덕이 있는 경우였다. 그럴 줄 알았다.

김형인은 그중에서도 맨 먼저 관심을 보인 녀석이었다. 공책에 오랜만에 미소녀 한 명을 슥삭슥삭 가볍게 그리는 중에 와서 물어보았다.

"잘 그리네. 얘 혹시 토오사카 린 아냐?"

나는 의식하지 않고 대답했다.

"나는 타입문 싫어해. 얘는 아다치 미츠루 만화 중에 내가 좋아하는 캐릭터를 내 방식대로 그리는 거고. 아다치 미츠루 알아?"

"잘 모르겠는데." 김형인은 개의치 않고 또 물었다. "다른 거 뭐 좋아하는 건 없어? 월희라던지."

그때 경현이가 와서 끼어들었다.

"나스 키노코는 최악이지. 넌 뭐 좋아하는데?"

김형인은 경현이의 갑작스런 비난에 표정이 얼었다. 자기는 나스 키노코라면 전부 좋아한다고 했다. 경현이와 나는 아다치 미츠루에 대한 짧은 대화를 나누었고 러프가 최고임을 동의했다. 김형인은 한동안 끼어들지 못했다. 내가 말했다.

"게임이나 책을 보진 않았는데, 컴퓨터 하는 시간도 없고. 그냥 그림 그리고 책 보고. 너는 뭐 하는데?"

"게임 하고 책보고. 나는 그림 말고 글 써서 올리는 정도."

"글 쓴다고?" 경현이가 반색했다. "예고도 아닌데 한 반에 글 쓰는 사람이 둘이네. 이야."

"너는 뭐 써?"

"나 그냥 이것저것 장르 크게 안 가리고. 너는?"

"판타지 주로."

"판타지 좋지."

경현이는 말하고 싶고 또 묻고 싶어 했다. 취향, 성향. 글 실력, 어떤 장르이고 형식인지. 나 역시 묻고 싶었다. 관심이라고 해도 좋고 탐색이라고 해도 좋다. 관심이 갔다. 상대를 알고 싶었다.

"잘 쓰는 건 아냐. 많이 써보지도 않았고……"

김형인은 경현이에게 숙이고 들어갔다. 경현이도 대단한 체 않았다.

"나도 뭐 잘 쓰는 건 아냐. 중학교 때부터 쓰긴 했는데 뭐 그래. 그런 거지."

어른들의 입장에서는 중학교 때이든 고등학교 때이든 일찍 시작하기는 마찬가지이다. 그러나 우리는 우리의 어림을 잘 모른다. 단지 점점 나이 먹고 커갈 뿐이다. 멀리서 기간 전체를 조감하지 못했다. 누가 내 옆에 있는가 1인칭 시점으로 볼 뿐이다.

내가 중심이고 기준이기 때문에 몇 달 몇 년 앞서 했음을 자신과 비교하여 큰 차이로 느낀다. 해왔던 때들이 실력 차로 드러나기도 하니 말이다. 특히 공부. 학교에 오면 상대와 더 많이 자주 비교한다. 꼭 사람이 아니더라도, 학교의 평균이나 학년의 평균과 나를 비교한다. 비교해서 뒤쳐지면 일찍 포기해버리기도 한다. 너무 늦었고, 따라잡을- 비슷하게조차 갈 수조차 없다 느끼기 때문이다.

형인이가 경현이에게 작아지는 이유도 그 때문일는지 모른다. 나보다 앞서서 쓴 사람이 있다니, 나보다 더 잘 쓰겠지 하는.

경현이가 말했다.

"지금은 학교에서는 안 써."

"나는 공책은 항상 가지고 다니는데."

"그럼 한번 보여줘 봐."

형인이는 쭈뼛쭈뼛 가져왔다. 경현이는 즐거워했다. 그렇다고 잘난 척을 하려는 기색은 없었다. 형인이의 공책은 스프링이 없는 두꺼운 공책이었다. 스르륵, 경현이가 첫 장부터 끝 장까지 부피를 확인하듯 단숨에 넘겨보았다. 글씨들이 빼곡했다.

"꽤 많이 썼네. 지금은 무리고 점심 끝날 때까지 볼게. 괜찮지?"

"어…… 그래."

내가 물었다.

"나도 봐도 돼?"

"상관은 없는데……."

형인이는 영 자신 없는 태도였다.

"나도 내일 내가 쓴 거 가져와볼게."

"어……. 너 그림 그린 것 좀 봐도 돼?"

나는 줄 없는 스프링 노트를 건네주었다.

"뭐 그냥 이것저것 막 그렸어. 만화도 좀 있고. 그냥 컷 나눠서 이어지게 그리는 그런 거."

"이야 잘 그리네, 근데 그림체는 처음 보는 거다."

칭찬을 들으니 기분은 좋았다.

"그냥 이것저것 보다 그리니 그런 식이야. 타입문은 절대 아니지."

"타입문도 괜찮은데······."

나는 크게 숨을 들이켰다. 그리고 긴 비판을 하려고 했다. 하지만 다시 내뱉으며 음, 그건, 이라며 에둘렀다.

만화를 그릴 때 아다치 미츠루와 하라 히데노리 같은 컷 나눔을 염두했다. 인물 간의 세밀한 동작과 표정은 아직 버겁지만 계속 시도하는 중이었다. 화풍은 정확히 누구 영향이라고 할 정도로 한 방향으로 두드러지지는 않았다. 게다가 이번 겨울방학 때 또 약간 변했다. 미형과 극화 사이의 어딘가쯤 될까. 선이 더 거칠어졌다. 반듯한 선도 하려면 했지만 편하게 그리다 보니 익었다. 기계를 그릴 때도 선이 거칠었다.

수업 시작종이 울렸다. 경현이는 형인이의 공책을, 형인이는 내 공책을 들고 갔다. 나는 빈 부분이 많은 공책을 새로 꺼냈다.

점심시간이 되자 김한준과 김형인을 포함해서 네 명이 밥을 먹었다. 김한준은 무척 의외였는데 공부를 잘하는 녀석이 또 의외로 수더분하게 다가와 부담 없이 함께 했다. 김형인을 포함해서 우리에게 오덕의 기운을 감지한 듯했다. 굳이 나눈다면 나랑 경현이는 일본 애니나 모에 오덕쪽은 아니지만, 굳이 귀찮게 설명하며 아니라고 하고 싶지는 않았다.

김형인이 어두컴컴한 두더지같은 인상이라면 김한준은 공부보다는 육상을 할 법한 군더더기 없는 인상이었다. 김형인은 턱쪽에 살이 붙어 동그랬고 김한준은 광대가 살짝 튀어나왔다. 키는 나랑 김한준이 제일 컸고 그 다음 강경현, 김형인 순이었다.

나랑 경현이가 서로 자주 이야기하자 김형인과 김한준도 이런저런 이야기를 나누었다. 둘은 의외로 어느 정도 잘 맞는 듯했다.

밥 먹을 때는 의견이 갈렸다. 점심시간 시작 때엔 사람들이 몰린다. 오래도록 줄 서야 한다. 경현이와 나는 줄 설 거 없이 교실에서 놀다 가자는 생각이었던 반면 형인이와 한준이는 빨리 가서 먹는 편이 낫다고 말했다.

"얼른 먹고 오는 게 낫지."

형인이는 밥을 먹고 나서 잠시나마 다른 생각을 하지 않는 여유를 강조하고 싶어 했다. 먹지 않고 놀 때는 언제 가야하나 신경 써야 하니까. 하지만 자신의 주장을 말로 정리하지 못했다. 경현이와 나는 형인이와 한준이의 생각을 짚고 그쪽에 맞춰주었다.

기숙사 건물까지 가는 길은 끝과 끝이라 학교 안에서도 멀었다. 경현이가 한준이에게 물었다.

"너는 왜 진학반 안 하는 거야?"

"뭐 그냥."

한준이는 두루뭉실 웃었다.

"공부 잘하잖아. 원서만 넣으면 인문계 가는 건데."

"그냥 좋아 보여서 왔어."

딱히 목표가 있는 걸까? 있다면 숨기는 걸까? 말대로 그냥 온 걸까? 의욕이나 욕심은 보이지 않았다. 그래서 정해놓은 목표 없이 오고 싶어서 온 듯도 보였다. 그렇게 마음먹는 것이 불가능하다는 말은 아니다. 하지만 그런 태도를 집안에서 존중해주고 인정해주었을지 생각하니 한준이의 말이 내게는 너무 비현실이었다.

다른 집들도 우리 집과 비슷하다고 생각한다. 공부 많이 하는 학교, 좋은 대학에 가기 수월한 곳으로 보내고 싶어 하는 욕심 말이다. 적어도 평균은 하는 학교. 대체로 실업계를 인문계보다 먼저 보내려고 하진 않으니……

"집에서는 뭐라고 안 했어?"

"뭐라고 하긴 했는데 그냥 내가 오고 싶다고 하니 그러래 집에서.”

“야 짱이다 짱.”

우리는 점심을 먹으며 일본 만화와 애니메이션에 관한 이야기
를 했다. 김한준은 타입문은 몰랐지만 원피스랑 나루토는 알았
다. 원피스에서 누가 가장 센지 격렬한 논쟁이 붙었다. 나는 주
인공 보정이 붙은 루피였고 형인이는 말도 안 되게 우솝이었다.
한준이는 루피 형인 에이스, 경현이는 누가 제일 세든 손오공이
다 이긴다는 뜬금없는 파였다.

“루피가 주인공이니 제일 쎄지.”

“루피는 주인공이니 당연히 쎄게 나오는 거지. 그걸 빼고 생각
을 해보라고.”

“야 아 그걸 왜 빼. 원래 그런 놈인데 그걸 어떻게 빼 말이 안
되잖아.”

“반칙이지 주인공만 되면 누구든 쎄다고.”

“당연히 주인공이니까 쎈 거지. 그리고 주인공 떼도 우솝은 아
니다 진짜. 그 코쟁이 새끼 새총으로 존나 깔짝거리는데 루피가
다 튕겨내면 끝 아녀.”

“우솝은 잔머리가 좋아서 오래 살고 오래 사는 놈이 이기는
겨, 새총으로 뾰족한 거 날리면 루피도 뚫린다고.”

"아 뭘 뚫어 뚫기는 루피 자체가 새총이잖아, 진짜 우솝은 아니다."

"에이스도 쎌걸. 나중에 쩔게 활약할 거야."

"에이스 그 새끼는 에이스나 먹으라 그래 커피 찍어서. 어쨌든 우솝은 아냐 진짜. 차라리 쵸파라고 하던지, 의술이 있으니."

한준이는 자기 말을 내세우기보다는 경현이랑 같이 나와 형인이 사이의 말도 안 되는 개싸움을 보며 웃었다. 다들 웃느라고 밥도 제대로 먹지 못했다.

"루피는 여자나 만나라 그래, 잘 됐네 늘일 수도 있으니."

"늘이긴 뭘 또 늘여, 그리고 그거 그냥 되는 거 아니거든? 왔다 갔다 해야 된다고 왔다 갔다, 앞뒤로 왔다 갔다 해야 반동이 생기지, 반동 모르겠냐 반동? 이 우솝이나 좋아하는 반동 새꺄."

"아 미친 씨발 뭘 왔다 갔다야 왔다 갔다가, 아 존나 병신아."

우리 넷은 웃느라 정신없었다. 가뜩이나 시끄러운 급식실 안이라 목소리 크기를 올려야 했고, 그러다보니 감정까지 함께 올라갔다. 격양되어서인지 더 빵빵 터졌다.

식사 후에 경현이가 형인이에게 공책을 돌려주었다. 괜찮네, 하며 웃으며 주었다. 형인이는 긴장해서 받았다. 뭐 계속 써봐, 하는 말 만 해주었다. 형인이도 내 공책을 주었다. 어디 인터넷에 올려보라고 했다. 나는 스캐너가 없다고 했다.

"내가 잘 그리는 거 인정하니까 루피도 인정하라고."

"아 뭐라는 거야."

학교 끝날 때까지 우리는 모여서 이야기했다. 다른 몇몇도 삼삼오오 모여 떠들었는데, 아직은 학년 초이고 서로 알아보는 중이라 큰 소리를 내지 않았다. 우리도 마찬가지였다.

방과 후에는 흩어졌다. 김형인은 서구, 김한준은 중구 방향이었다. 마음먹으면 나랑 경현이와 함께 걸어가 버스를 탈 수도 있었으나, 두 사람은 그러지 않았다. 종점까지 왜 걸어가는지 이해하지 못했다.

두 사람과 헤어지고 경현이와 함께 걸었다. 태경공고에서 비래동 종점까지 한 시간이 조금 넘었다. 사적공원과 보건대를 지나 폴리텍 대학을 지났다. 보건대의 좁은 길, 대학로라고도 하는 짧고 좁은 길을 걸었다.

상진이가 다니는 대평고등학교에서, 오르막길, 육교, 가양공원. 오르막 중간 고개 들어 보이는 대평고의 불빛이 신산했다. 입학 후 며칠간은 대평고 학생들과 같이 하교했다. 그러나 이제는 학교의 불빛 속으로 들어가 저녁과 밤까지의 관통하는 시간 안에서 우리랑은 다른, 사람들 대부분 말하는 익히 해야 할 것을 했다.

대평고 녀석들이 공부하는 동안 나와 경현이는 걸으며 낮과 저녁의 간격, 하늘빛의 변화를 느꼈다. 학교에 있는 녀석들과 하루를 다르게 느꼈다. 우리는 불빛이 아닌 하늘빛 아래에서 걷고 또 얘기했다.

"형인이 글은 어땠는데?"

"기본이 없는 글이지."

나는 그 말에 웃어버렸다.

"그렇다고 걔한테, 넌 기본이 없어, 할 수는 없잖아. 크게 상처 받을지도 모르니까, 뭐. 라이트 노벨에, 음. 말하자면 이것저것 많은데 라이트 노벨 비슷한 것을 쓴다는 것은 제쳐두고, 문장이— 어쩌다 문법도 이상한 표현을 막 넣어가지고선. 쓸데없이 늘일 필요 없이 간단하게 하면 될 것을. 짧으면 문법에서도 틀릴 일이 없지. 형용사랑 부사를 덕지덕지 붙일 필요도 없고. 뭐 그래."

"내가 말해줄까?"

"됐어, 하지 마. 그래도 일단 쓰면 좋은 거 아니겠어."

우리는 형인이의 글부터 시작해서 이런저런 글 얘기까지 나아갔다. 비래동 종점에 도착할 즈음, 어느새 우리도 하늘 빛깔이 어스름했다.

다음 날 경현이는 자기가 쓴 글 중에 단편 두 편을 가져왔다.

너의 어제를 노래하며

형인이는 읽어보곤 더 긴장했다. 그제야 나도 경현이 글을 읽었다. 괜찮다고 말하곤, 남은 감상은 종점까지 걸어가며 말했다.

"느낌이 둘 다 다른데 둘 다 누굴 좀 닮은 것도 같고."

"이것저것 해보는 중이야. 나도 완벽하진 않으니까. 한참 남았지. 나한테 뭐가 맞는지 천천히 찾으려고 연습하는 중이야. 이거저거 다 잘하면 좋긴 한데. 집에서 많이 놀기도 하지만."

"그래도 잘 썼어. 존나, 우리 또래에 비하면. 다른 거는 없어?"

"천천히 가져올게."

경현이는 기분 좋아했다. 경현이와 나는 경현이의 글에 대해 이야기하며, 또 걸었다.

14

2주쯤 지나니 우리 반 무리의 윤곽이 나왔다. 종남이네는 아직이었다. 중학교 때랑 크게 다르지 않았다. 게임도 하고 오덕질도 하고 장난도 쳤다. 한두 마디씩 말을 주고받고, 같이 밥 먹을 사람이 없으니 밥을 먹는다. 함께 밥 먹는 사람들이 많아진다. 언제나 그런 식이다. 화장실도 같이 간다.

비율만 달랐다. 노는 녀석들이 많았다. 학교 공부에 크게 관심 없는, 다른 곳에서 말하는 일진 같은 녀석들 말이다. 우리 학교보다 커트라인이 더 낮은 곳은 다를까? 높은 곳은? 김형인과 김한준이 우리랑 있었고 박재준과 임인균, 한승경, 신남규, 박기환, 변정진이 합세했다.

그렇다고 언제나 함께 있지는 않았다. 혼자 있다가 우리 쪽에서 잠깐 떠들다 가기도 했다. 박기환은 밴드 때문에 자주 빠졌고 한승경은 기술부여서 얼마 있지 못했다. 노는 녀석들을 제외한 녀석들이 우리 쪽에 간혹 오곤 했는데, 아마 다가오기 쉬워서인 듯싶었다. 김한준도 다른 쪽에 가서 놀기도 했다. 특히 송윤중, 장주원, 황노래, 성민길이 모인 게임 동네 쪽으로 자주 갔다. 카운터 스트라이크 같은 FPS를 주로 한다고 들었다. 성민길은 게임은 많이 하지 않는 편이었는데 어쩌다 보니 그쪽 애들이랑 지냈다.

금성식은 다른 쪽에 있다가 우리 쪽에 넘어와 자주 놀았다.

금성식은 원래 강전웅 쪽에서 있었다. 그러나 그쪽 애들이 놀진 않아도 기가 세서인지 우리 쪽으로 왔다. 금성식은 키는 작지만 옆으로 벌어져 만두 같은 덩치였다. 그냥 오면 좋은데 대화에 잘 끼질 못했다.

그래도 그뿐이면 괜찮은데, 우리랑 조용히 같이 있나 싶더니 자꾸 태클을 걸었다. 오덕 얘길 할 때, "병신아, 너네는 그래서 안 되는 거야"던지 "좀 그만하면 안 되냐? 존나 도움도 안 되는 거" 하면서 확 짜증을 냈다. 타겟은 주로 김형인과 임인균이었다. 내가 되기도 했다. 같이 있는 애들은 기가 세지 않았고 부딪치기를 무서워했다.

나는 다른 애들처럼 눈치 보면서 조용하지 않았다. 금성식의 짜증이 거슬린다 싶으면 농담으로 받아치거나 같이 짜증냈다. "너가 우리 말하는 거 마음에 안 들면 다른 데 가서 얘기하면 되지 우리한테 짜증이야, 어? 아니면 존나 도움 되는 얘길 해보던가." 내가 수위를 높이면 금성식도 열 받아했다. 덩치로 밀어붙였다. "말 존나 재수 없게 한다? 개새끼가." "존나 재수 없어서 내 말이 틀렸냐? 말을 해보라니까? 그리고 먼저 짜증 낸 건 너고." "씨발 새끼야 말 그따위로 하지 말라고." "그따위가 뭔데, 씨발 왜 계속 욕질이야." 분위기가 험악했다.

강경헌이 중간에 끼어들어 말렸다.

"야 좀 싸우지 말고."

반 구석에서 일어난 말다툼이었지만 어느새 우리 주위로 애들이 몰려들었다. 싸우고 싶진 않았다. 하지만 그렇다고 이 상황에서 물러날 수도 없었다. 특히 이런 분위기에서는 더 그렇다.

여기서 물러나면 우리들 사이에서뿐 아니라 반 전체에서 만만한 놈으로 찍힌다. 가장 좋은 경우는 우리들만 있을 때 싸우거나 말로 풀거나 아무튼 무슨 수를 써서 따로 해결하는 방법이다. 모두가 보게 되면 싸우고 싶지 않아도 주위에서 부추긴다. 재미난 구경거리로 여긴다. 구경거리가 되자고 싸우고 싶진 않았다.

"야, 그만해, 그만해. 뭐하는 짓이야."

경헌이 혼자 중간에 끼어들어 말렸다. 다른 녀석들은 우리 주위 녀석들 눈치에 나서지 못했다. 주위 녀석 중 한 녀석이 말했다. 반장이었다.

"씨발 새끼야 싸우게 냅둬야지. 왜 말리고 지랄이야. 깝치지 말고 나와. 나오라고."

반장 주위에 있던 노는 놈들도 끼어들어 경현이를 욕했다. 오히려 경현이 입장이 난처해졌다.

그때 운이 좋게 선생님 한 분이 지나갔다. 음악 선생님이었다. 지나가다 우리를 보시고는 들어와 물으셨다.

"너네 뭐 하냐 지금."

애들은 아무렇지 않은 척했다. 원래 하던 일이 있었던 듯 자리에서 움직였다. 음악 선생님은 말없이 반 분위기를 살피고선 나가셨다. 팽팽하게 대립하던 분위기가 끊겼다. 금성식은 어느새 자기 자리에 앉았다.

"저 개새끼 땜에 재밌는 것도 못 봤잖아. 병신 같은 게 깝쳐가지곤. 씨발 새끼야 담에 보자."

반장이 목소리를 낮게 깔고 위협했다. 그게 왜 나 때문이냐고, 선생님이 들어온 건데 하는 식으로 대꾸할 수도 있었지만 경현이는 아무 말도 하지 않았다.

이미지만 보고 뽑은 반장 권구영은 알고 보니 생양아치였다.

뽑은 지 얼마 되지 않아 건들건들한 모습이 나왔다. 같이 반장 선거에 나온 오승희가 오히려 괜찮은 녀석이었다. 권구영과 한

패였지만 권구영처럼 만만한 녀석을 건드릴 생각은 없어 보였고 즐기지도 않았다. 멋 부리기만 신경 썼다. 가끔 두발 제한 때문에 좆같은 학교라고 짜증 내는 정도였다.

이번 일로, 나는 건드리면 개기는 녀석이라 쉽게 건드리지 못하는 위치가 된 반면 경현이는 힘들어졌다. 노는 놈들이 경현이를 찍었다. 특히 반장은 괴롭힐 구실을 찾기 위해 경현이를 집중해서 보았다. 임인균이나 신남규가 경현이만큼 만만하거나 더 만만하게 보였지만 이번 일이 컸다.

금성식은 원래 같이 있던 녀석들 쪽으로 가서 함께 점심을 먹었다. 하지만 영 겉돌았다. 나는 애들하고 함께 먹었다. 우리 쪽은 농담을 주고받으며 놀았다. 경현이는 사람이 많아질 때면 말이 없어지고 묻어갔다. 거기다 이번 일 때문에 웃음이 줄었다. 깊은 생각에 빠지거나 걱정하는 표정이 늘었다.

점심을 먹은 뒤 반으로 돌아왔다. 나는 도서실로 가려는 경현이를 따라갔다. 다른 녀석들이 전부 따라오려고 했지만 그럴 필요 없다고 막았다. 어찌어찌 내가 무리의 구심점이 된 모양이었으나 달갑지는 않았다.

경현이는 도서실을 좋아했다. 나는 경현이만큼 좋아하지는 않았다.

우리는 도서실을 일찍 접했는데, 두 번째 국어 시간이 도서실에서 하는 수업이었다. 도서실 사용 방법을 배우기 위해 반을 이

동했다. 도서실은 건물 중앙 통로 3층 왼쪽으로, 교실 두 개 반 크기였다. 나머지 절반은 탐 레딩션 외국인 선생님 방이었다.

입구 왼쪽 끝에서 중앙을 기준으로 3보 정도 오른쪽까지는 책걸상과 컴퓨터가 있었다. 책상은 과학실에서 볼 법한 큰 직사각형이었고 책상 하나에 컴퓨터가 하나, 의자가 여섯이었다. 입구 왼쪽 벽에는 수업을 위한 화이트보드가 붙었다. 컴퓨터는 쉬는 시간이나 점심시간에 쓸 수 있었지만 수업과 연관되지 않으면 아니면 쓰지 못했기 때문에 거의 아무도 앉지 않았다. 그래도 도서실 홈페이지는 가입은 필수였다. 그래야 책을 빌릴 수 있었다. 그리고 국어 수행 평가인 독후감을 홈페이지에 올려야 했다.

입구 바로 오른편에 데스크가 있었고 그 옆에 책들이 꽂힌 책장이 있었다. 도서실은 컸지만 책장과 책들이 많지 않았다. 거기다 책장과 수업 공간 중간에는, 각 반에서 영상 자료를 보여줄 때 사용하는 큰 티비에, 티비를 보기 위한 등받이 없는 쿠션 의자가 놓인 채였다.

도서실 왼쪽부터 화이트보드, 컴퓨터와 책걸상, 데스크와 수업용 티비, 얼마 없는 책장과 책이 있었다. 책장 쪽은 유난히 어두웠다. 입구 쪽의 넓은 부분은 낮빛으로 밝았는데 책장 쪽은 커튼에 걸러진 빛이었다. 그늘 속 책들은 숨죽인 채 호기심이 가득한 다정한 손을 기다렸다.

내가 봤던 책들이 눈에 들어왔다. 엔더의 게임, 앵무새 죽이기, 파리 대왕…… 도서실에는 딱히 보고 싶은 책이 없었다. 경현이는 책장과 책들을 보며 생각했다.

나는 도서실에서 속삭였다.

"금성식 그 새끼 지가 뭐라고. 너 근데 어떡하냐. 존나 좀…….."

경현이가 말했다.

"좆같이 됐지, 존나 거지같이…… 뭐…… 대충 생각은 했는데."

나는 책들을 하나씩 훑어보았다.

"결정적일 때 나도 나서야 돼. 오늘 너처럼. 싸우거나 다구리를 당하거나…… 겪어보니 그렇더라구. 안 그러면 더 힘들어지니까."

내가 이어서 말했다.

"뭐…… 도와줄게. 얼마나 도움이 될라나."

경현이는 한숨 쉬었다.

"고마워."

나는 경현이의 긴장과 안심을 느꼈다.

겁이 나지 않을 수는 없었다. 금성식과도 마찬가지였고 권구영과도 마찬가지일 것이다.

나는 권구영과의 일은 끼지 않아도 된다. 여드름 많고 그림이나 그리는, 건드리면 달려드는 사나운 녀석으로 남아도 된다. 하지만 경현이를 내버려둘 수 없었다. 선생님이나 다른 어른들이 끼어서 완벽하게 해결해줄 만한 문제도 아니었다.

훌륭한 어른이 끼어 일이 잘만 풀리면 맞거나 괴롭힘을 당하지 않을지도 모른다. 보복당할 걱정 없이 말이다. 그러나 다른 녀석들과의 관계가 나아지지 않는다. 괴롭힘을 당하거나, 외롭게 지내거나, 둘 중 하나다. 학교생활의 경험이었다. 결국 본인이 나설 수밖에 없다.

나 대신 타겟이 되어준 고마움만으로 나서겠다고 하지는 않았다. 우정이라고 해도 되지만, 정확하게는 우정 이전의 무언가였다. 센 놈이 약한 놈을 괴롭힐 때, 주위 사람이 느끼는 불편함, 옳지 않음을 두고 보지 못했다. 편한 고등학교 생활을 위해서라는 이유 이전에 마땅히 해야 하는 무언가였다. 돌이켜보면 나는 이런 녀석은 아니었는데, 무엇 때문에 경현이를 돕겠다고 나서는 녀석으로 변했는지 모르겠다.

우리는 도서실에서 나왔다. 책은 빌리지 않았다. 도서실 사서인 늙고 머리 벗겨진 선생님은 우리가 나가는 모습을 빤히 보았다. 남은 점심시간 동안 본관 뒤의 길을 걸었다. 경현이는 한결 부담을 덜은 듯했다.

눈은 녹아 없었고 잎새들이 돋았다. 경현이가 물었다.

"너는 근데 집에서 그림이 잘 그려져?"

"잘 안 되지. 집에 가면 집중이 잘 안 돼."

"나도 그렇거든. 그래서 글 쓸 곳이 하나 있었음 좋겠어. 도서실이나."

"도서실? 음. 되나?"

"모르겠어. 미술부는 있는데 문예부가 없으니까."

"미술부는 저녁까지 하는 것 같은데 선생님이."

우리는 비밀의 굴 입구, 그러니까 전에 학교를 탐험했을 때 보았던 기숙사 건물 끝까지 다다랐다.

"저기가 너가 말한 거기야? 어두운 동굴?"

"어 저기. 오늘은 그 선생님이 안 계시네."

"재야의 현자 그분?"

"그래, 은둔 고수."

"뭐 하시는 분이지?"

"모르지 나야."

우리는 돌계단 위로 올라갔다.

"공간이 생기면 같이 하자. 너는 그림 그리고 나는 글 쓰고."

"나야 좋지."

"뭐 만화 그리니까 내가 이야기를 쓸 수도 있는 거고. 너가 그 린 걸 내가 쓸 수도 있고."

"괜찮은데？"

"아마 너가 그림 그린다고 하면 같이 못 있을 수도 있어. 미술 부로 가라고. 일단 너도 글 쓴다고 그러고, 다른 애들도 뽑아보 는 거지. 김형인하고 임인균도 말해보고."

임인균은 얼이 빠져 보이는 녀석이었는데 판타지를 좋아해서 자기도 쓴다고 했다. 형인이랑 크게 다르지는 않았다. 형인이 쪽 글이 문장과 문단을 길게 쓰는 편이었다.

"근데 다른 애들이 올까？ 얼마나 있을지도 모르는데 공고 에."

"뭐 그래도 일단 해보자. 있으면 좋잖아."

"그래 있으면 좋지. 야 근데 여기 진짜 좋구나."

새 계획이 마음에 들었다. 학교 안 우리들만의 공간은 꿈과 같 았다. 경현이가 나처럼 본관 뒤에서 보는 풍경을 마음에 들어하 는것도 좋았다.

"그러니까 인문계나 다른 애들도 그렇잖아？ 밤늦게까지 뭔 가를 하잖아. 학교에 있건 학원에 가건. 집에서도 하면 좋겠지만 너나 나나 더 부족함을 느끼고. 하고 싶다 그거지. 뭔가를 해야 되겠다, 그런 거야. 같이 해보자."

나는 고개를 끄덕였다.

"난 일단 도서실에 말해볼게."

"근데 어떻게 말하게? 도서부도 아니잖아. 전일제만 도서부지."

"이제 날 슬슬 부를 거야. 도서실에서 먼저 부를걸."

"왜, 뭐 있어?"

"일단 가자. 책 좀 빌리고."

나는 어리둥절했지만 알겠다고 했다.

"근데 거기는 책 별로 없더라. 땡기는 게 별로 없어."

"그러니까 책을 늘려야지."

우리는 본관 왼편으로 들어가 도서실로 갔다. 경현이가 집어든 책은 '개를 데리고 다니는 여인'이었다. 데스크로 향해 책과 학생증을 건넸다. 늙고 머리 벗겨진 사서님은 경현이의 학생증 바코드를 찍고 책 바코드를 찍었다. 일주일이다, 하시곤 경현이에게 물었다. 목소리가 까랑까랑했다.

"너가 그 책 백 권 넘게 신청한 걔냐?"

"네."

"야 너도 참. —그렇게 한 번에 신청하면 못 해준다. 학교 끝나고 들러라."

"예."

사서님은 마지막에서는 타이르는 투였다.

책을 들고 나오는 경현이는 그럴 줄 알았다는 표정이었다. 내가 물었다.

"백 권을 넘게 신청한 거야?"

"백 삼십 권 했어. 근데 해야 되잖아. 꼴이 저게 뭐야, 천 권을 해도 모자라."

"뭐 신청했는데?"

"고전 모자라는 거 위주로 했어. 전집 위주로, 학교에 없는 전집 말야. 그리고 유명한 작가 전집. 까뮈나 릴케 이런 아저씨들. 인문 서적이랑 교양, 이런 것들도 해야 돼."

"릴케."

"좋잖아, 그치? 릴케. 세상에, 이름도 예뻐. 시 쓸 것 같은 이름 아니냐?"

"병신아 개소리야."

내가 말하고서 헤, 웃어버렸다. 책이 많은 도서실을 기대했다. 설렜다.

우리는 집에 갈 때까지 도서실 이야기를 했다. 경현이가 말해주기로 도서실 예산 때문에 한 번에 다 사지는 못 한다고 했다. 좋은 책을 신청했다고 칭찬 들었다고도 했다. 도서부원이 되라는 사서 분의 말씀에, 경현이는 바로 승낙했다고 말해주었다. 처음부터 제대로 눈도장은 찍은 셈이다.

우리는 어떤 책이 들어와야 하는지, 문예부를 어떻게 할지에 대해서 얘기했다. 김형인과 임인균에게 말해보았지만 미적지근한 반응이었다. 그래서 저 둘은 빼고 우리 둘이 부딪쳐보기로 했다.

집에 도착한 후 가방을 던지고 교복을 벗어놓은 뒤에도 학교를 생각했고 문예부를 생각했다. 문예부는 단숨에 나를 사로잡아 놓아주지 않았다. 나는 사로잡힘이 기꺼웠다. 내가 좋아하는 당산 언덕에서 내려다보는 풍경, 기차를 보면서도 문예부와 도서실을 생각했다. 나는 담에 기대여 양손으로 턱을 괴고 바라보았다. 이곳 언덕은 남쪽 방향의 대덕구가 보이는 적당한 반 뼘 높이였다. 밤늦은 시간이라면 살짝만 고개 들어도 별이 보인다. 반 뼘 높이는 중요했다. 너무 높아버리면 멀어진다. 혼자 동떨어져 외로운 신처럼 굽어봐야 한다. 같은 눈높이면 멀리 보지 못한다. 시야가 막혀버린다. 반 뼘, 반 뼘 높이여야 하는 것이다.

신탄진에서 조차장을 지나 대전역 방향으로 가는 기차를 보면서 생각했다. 금성식과 권구영, 도서실과 문예부. 기대와 두려움을 동시에 느끼고 있을 경현이. 내가 어떻게 해야할지 분명했다.

15

＊
◆
✕

채연이는 내 이야기를 좋아했다. 작은 이야기도 쉽게 웃어주었고 쉽게 걱정하며 부러워했다.

"핸드폰 빌려주는 게 너무너무 괴롭대."

"미안하다고 전해줘."

채연이는 까르르 웃었다. 너무너무를 강조했을 뿐인데도 말이다.

채연이는 이사한 우리 동네로 처음 와보았다. 만나기에 가깝고 돌아다니기 좋은 서구 쪽이 괜찮았으나 채연이가 우리 동네로 오고 싶어 했다. 정말로 놀 만한 것이 없는 동네지만 좋아해주었다. 내가 사랑하는 반 뼘 높이의 언덕을 마음에 들어해주어 고마웠다. 우리는 그곳에서 한참을 얘기하고 대덕구 문예회관 방향으로 걸었다.

채연이가 말했다.

"노는 애들 빼면 괜찮은 것 같아. 실업계도 지낼 만해 보인다."

"생각보다 뭐 괜찮더라고. 역시 걔네들이 문제인데 한 번 이판 사판으로 덤비면 건드리지 않겠지."

채연이가 걱정하자 안심시켰다.

"위험할 수도 있을 거야. 위험하다고 하니 무슨 조폭 같네. 근데 고 1이잖아. 싸울 수도 있는 거지. 원래 그렇잖아, 너도 알다시피 괴롭히고 괴롭힘 당하는 게. 이렇게 하지 않으면 끝까지 가는 거야. 애들한테 무시당하고 괴롭힘당하고. 나도 적당히 요령 있게 할 테니까, 안 다치도록 최대한."

나를 보던 채연이가 고개를 돌려 앞을 보았다. 나는 앞을 보며 말했다.

"경현이는 진짜 좋은 녀석이야. 진짜…… 좋은 녀석이야. 왜 그런 애를 괴롭히려고 하지? 씨발 좆같은 새끼들. 너네 학교에는 그런 애가 있어? 나는 경현이랑 같이 있었으면 좋겠어. 예고에 못 간 게 후회되긴 하지만 여기도 마음에 들어. 경현이도 경현이지만 학교에 남아 친구는 글 쓰고 나는 그림 그리는 거. 그게 좋아. 그냥 그대로…… 뭔가를 달성하지 않아도 않아도 괜찮지 않을까. 앞이 아니라 주위를 돌아보며 지내도 되지 않을까, 아직은. 그런 생각을 했어. 모르겠어. 그렇지만 돌아보면서도,

우리는 항상 걷는 중이야. 무언가를 한다구. 공부, 글, 그림……
언제든 어디든."

"이번 주부터 야자 했어." 채연이가 말했다. "부러워. 그냥—
그런 생각도 해보는 게."

"별게 다." 내가 말했다. "힘들지 않아?"

"남들도 다 하는 건데. 좀 적응이 안 되는 것뿐이야. 어차피 집
에 늦게 들어가는 건 똑같고… 학원이야 예전부터 다녔으니까."

"학원… 다녀볼까."

"음."

"아니야, 안 다녀도 될 듯싶어."

"나도 그렇게 생각해." 채연이가 다시 나를 돌아보았다. "아
참."

"왜?"

"부모님한테 남자 친구 있다고 말했어."

내가 놀라서 물었다.

"뭐? 뭐라시는데?"

"뭐 그냥 누구냐고 물으시고, 어디 학교에 다닌다고 말하고.
그게 끝이었어."

어디 학교, 라고 말할 때 나는 몹시 부끄러웠다. 나와 내 삶이 반쪽으로 줄어드는 기분이었다. 쪼그라들어 볼품 없는 장난감이 된 듯했다.

"남자 친구." 나는 단어를 입 밖으로 내었다. 마음 속 단어를 소리로 내뱉으니 관계가 분명하게 드러났다. 부끄러움과 열등감, 남자 친구라는 단어 속에서 복잡하게 얽혔다. "남자 친구." 나는 한 번 더 되뇌었고, 핏 웃어 털어냈다. 내가 물었다.

"남자 친구라고 하는 거 부끄럽지 않았어? 남자 친구 있다는 거."

"몰라."

채연이는 앵돌았다. 다른 사람에게 채연이가 내 여자 친구라고 하기보다, 채연이에게 넌 내 여자 친구라고 하기가 수 배 민망했다. 채연이도 나와 같을 것이다. 그럼에도 나는 말했다.

"여자 친구."

그러자 채연이가 나를 밀치곤 고양이가 때리듯 때렸다.

"하지 마 하지 마 하지 마."

"알았어 안 할게, 안 하면 될 거 아녀."

"……미안해."

"아니 뭐 미안할 것까진… 아프진 않았으니까."

그때 멀리서 기차 오는 소리가 들렸다. 소리는 우리에게 다가온 뒤 천천히 떠났다. 날씨는 비 온 뒤처럼 맑았다. 나는 학교 이야기를 해주었다. 우리 쪽 애들과 어떤 이야기를 하는지도 말해주었다. 채연이는 원피스에서 상디가 제일 강했으면 좋겠다고 했다. 좋아하는 캐릭터라서였다. 나는 그런가 보다 넘어갔다.

집에 갈 시간이 되자 우리는 대한통운까지 갔다. 버스에 탄 채연이는 문 쪽 맨 뒤에서 한 칸 앞에 앉아 손 흔들어주었다.

16

✳
◆
✕

교문 앞에서 아침부터 기호 1번, 기호 2번 하면서 찍어주십시
오 소리 질렀다. 전교회장선거 유세였다.

이번에는 절대 인상만 보고 뽑지 말아야겠다 마음먹었다. 공
약은 대체로 이랬다. 두발 제한 완화, 교내 매점 입점, 학교 축제
활성화 정도였다. 매점은 구미가 당겼는데, 다시 생각해보니 어
차피 군것질을 하지 않는 편이기 때문에 소용이 없을 듯싶었다.
애들이 꼬드기면 적당히 빠지면 된다.

두발 제한 완화는 마음대로 하라고 하고 싶다. 이쯤 되면 일종
의 대의명분이 아닐까. 옛날 중국에서 나라를 세울 때 천하 통
일을 내거는 것처럼 말이다. 진짜 천하 통일을 기대하지 않지만,
깃발을 세우고 구호는 외쳐야 하니. 어차피 풀어줄 리 없는 두발
제한도 구호나 외치는 게 아닌가 싶었다.

학교 축제는 처음부터 관심 없었다. 연예인 부르고 학교 학생들도 노래 부른다고 했었는데, 딱 질색이었다. 핑크 플로이드나 킹 크림슨이 와서 콘서트를 하지 않는 이상 갈 마음은 영원히 없을 듯했다.

내가 진짜 원하는 공약은 없었다. 경현이에게도 마찬가지였다. 도서실과 동아리에 관한 말은 없었다. 우리에겐 축제를 하며 놀고 또 매점에서 군것질을 사먹기가 전부가 아니었다. 책을 늘린다, 도서실을 키운다— 하다못해 실업계 학교에서 내거는, 취업과 진학에 관한 무언가를 내걸어도 좋았을지 모른다. 만약 공약으로 교내 동인지 활성화나 문예부 창설 등을 내걸었다면 속옷까지 빨래해줬을 텐데.

그러므로 우리가 하는 수밖에 없었다. 순조롭지는 않았다. 사서 분께서 도서실을 문예부로 쓸 수 없다고 하셨다. 학교에서 도서실에게 준 권한 밖이라는 이유이다.

"어쩌지?" 내가 물었다.

"도서실은 원래 올 수밖에 없어, 문예부를 만들고 안 만들고를 떠나서. 일단 책 신청이나 빌리려면 와야하니까."

경현이는 이제 도서부원이었다. 책을 두 권 더 빌릴 수 있었고, 사서 분 대신 도서실에 앉아서 대출 반납 바코드도 찍어주었다. 대여 기간도 일반 학생들보다 2주 더 길었는데, 자기가 반납하고 다시 찍으면 되니 기간에 크게 구애받지 않았다.

너의 어제를 노래하며

"일단 다른 빈 교실이나 안 쓰는 교실 이런 게 없나 알아보려고. 그쪽 관리 선생님 있으면 여쭤봐서 부탁해야지."

"그래보자."

나도 모르게 기대를 많이 했었는지 아쉬웠다. 같이 있던 애들도 조용했다.

"그래도 책은 더 신청했어. 적당히 조절한다고 했는데 혼날 것 같기도 하고."

"무슨 책 신청했는데?"

"니체 전집. 내가 한 권이라도 다 봐서 이해하면 다행이겠지만."

"니체가 옷 벗으면 나체네."

우리 무리에 임인균이 끼었다. 임인균은 김형인과 비슷한 녀석이었는데, 임인균이 더 심했다. 특히 무리수로 던지는 말이 더욱 심했다. 김형인과 붙으면 가관이었다. 어디까지 추락하나 시합하는 것 같았다. 난 병신이야. 아냐, 내가 더 병신이야 하는 병신 싸움이었다. 웃겨서 다행이었다. 웃기지 않으면 보기 흉한 찌질한 놈으로 끝나니 말이다.

어쩌다 가끔 나나 경현이나 김한준, 변정진까지 끼었다. 그럴 때면 난장판으로 웃고 떠들었다. 박재준이 제동을 거는 역할이었다. '부질없다'가 말버릇인데, 아 그런 부질없는 짓 좀 그만해

하면 웃고 떠드는 새에 자연스럽게 화제가 바뀌었다. 그리고 부질없다는 순식간에 우리들 사이에서 유행어로 퍼졌다.

"아 진짜 수준 대박이다. 공부 좀 해라." 나는 임인균에게 맞받아쳤다. 경현이가 웃기 시작했다. 임인균이 말했다.

"내가 나체를 왜 공부해. 너 진짜 이상한 애다."

김형인도 끼어들었다.

"너 나체 공부 안 해? 집에서 맨날 공부하잖아."

"내가 뭔 나체 공부를." 임인균이 갑자기 말문이 막혔다. "야 아니라고."

"진짜 아냐?"

"아니라고. 맨날은 안 본다고. 너도 보잖아 그리고."

김형인이 약올렸다.

"난 안 보는데? 난 안 보거든?"

"그럼 상딸이냐? 아우 추잡하다 진짜."

"창의적 사고 모르냐? 진짜 이래서 꽉 막힌 놈들은 어쩔 수 없다니까."

"미친, 창의적이래. 머리에 디아블로 헬카우만 떠올려도 꼴리겠네."

"나는 누가 내가 어떤 생각하는지 모르지만 너는 모니터 헬카우 보면서 하잖아."

"헬카우 같은 거 안 보거든."

"그럼 뭐 보는데."

"상딸 빼고 다 본다고. 아 너 진짜 창의력 낭비다."

"너가 더 추잡하네 줏대 없는 놈아."

"깐돌이들아 그만 해라."

박재준이 말했다. 박재준은 우리 중에서 덩치가 가장 컸고 목소리도 무겁게 낮았다. 그런 녀석이 깐돌이들이라고 싸잡아버리니 진정 효과가 컸다. 나는 거드는 척 거들지 않았다.

"부질없는 깐돌이 새끼들아, 어차피 왼손으로 하는 건 똑같잖아. 왼손으로 통일했으니까 그만 해."

김형인이 또 깐족거렸다.

"나는 오른손이거든? 아 진짜 너네랑 상대 못 하겠다."

나는 장난으로 어이없는 표정을 했다. 나는 임인균을 도왔다.

"아, 오른손? 진짜 변태네. 느낌도 안 오는 오른손으로 억지로 상상까지, 어떻게 사람이 그럴 수 있냐? 너 정말 인간 실격이다."

"그래 인간 실격아." 임인균이 말했다.

김형인이 고집스럽게 버텼다.

"너넨 모험심이 없는 거야."

그때 복도 끝에서 사회 선생님이 오셨다. 종이 울리기 2분 전이었다. 우리는 그만하고 돌아갔다.

떠들고 노는 양상은 오전과 오후가 달랐다. 아주 작은 차이였고 어느 날은 차이가 없기도 했다. 인문계처럼 0교시는 없지만 그렇다 해도 이른 아침은 몸이 덜 풀리기 마련이었다. 조례 전부터 뛰어노는 경우는 별로 없다. 밤늦게 게임 했던 탓인지 졸기도 했다.

대체로 점심시간으로 갈수록 몸이 풀렸고, 떠들기와 장난의 규모도 커졌다. 점심시간이라는 기대도 한몫했다. 롤러코스터의 오르막처럼 정말 느려터지고 시간 안 가는 오전을 넘기면 꽤 속도감을 느끼는 오후였다. 오후는 왜 오전보다 시간이 빨리 갈까. 왜 밤은 오후보다 빨리 지나갈까.

점심을 많이 먹은 데다 5교시 수업이 지루해서 최악이었다. 방금 전 공업 수업이 내게만 최악은 아니었지만 말이다. 자버리면 금방 시간이 가는데, 당연히 잘 수 없었다. 이런 경우에는 그리기도 소용없다. 잠이 막 몰려오는 통에 꾸벅꾸벅 졸다 깨기를 반복했다. 넋을 놓고 졸다 깨기라도 하면 이상하게 말짱해지는데 애매하게 그 정도까지는 아니었다. 뒤로 가서 서있기도 아직은 부담스럽다. 원래는 쉬는 시간에 자려고 했지만 애들 때문에 잘 수 없었다. 다른 날은 괜찮다. 전공 제도와 기초 제도는 계속 그려야 하니 졸릴 새가 없었다. 미술은 무서워서 도저히 눈을 오래 감지 못했다. 음악 시간은, 다른 녀석들은 클래식을 들으며 엎어 잤지만 나는 좋아했다.

사회 수업은 좋아하는 수업이었기 때문에 집중해서 들었다. 뒷목 부근에서 어슬렁하는 이전 시간의 피로를 풀지 못해 아쉬웠다. 마지막 쉬는 시간에라도 자고 싶었다. 하지만 임인균이 박재준의 공책을 들고 뛰어다니는 통에 도저히 잘 수 없었다. 설정 공책이라고 했다. 둘은 책상을 사이에 두고 대치했다. 임인균은 장난으로 가져갔는데 박재준은 진심인 듯 보였다. 저런 경우 끝까지 안 잡혀 골려주기도 했지만, 어떤 경우는 후환이 남기도 했다. 우리랑 같이 노는 애들과 다른 몇 녀석 들이 둘의 대치를 구경했다.

"개돼지야 얼른 그거 내놔라."

"뭐 부끄럽다 그래. 쫌만 볼게."

임인균은 앞문 맞은편 TV 쪽 구석이었다. 몸이 작은 만큼 날렸다. 여유를 두고 움직였다. 박재준은 덩치가 큰 만큼 임인균보다 둔했다. 임인균이 공책을 펴 읽는 시늉을 했다.

"300미리 곡사포 이런 게 써 있네. 뭐 어때서."

"개돼지야."

"에프 이십사의 성능. 이건 뭐야?"

박재준은 임인균을 잡기 위해 다가갔다. 임인균이 교실 뒤쪽으로 도망하려 했으나 박재준도 재빠르게 움직였다. 임인균은 다시 제자리로 갔다. 여전히 대치 상황이었다.

우리 반 책상 배열은 시험 대형과 같은 한 자리씩 떨어진 번호순이다. TV 쪽부터 뒤로 1, 2, 3번에서 5번까지, 앞에서 6번에서 10번까지 두는 방법으로. 임인균은 1번 강경현의 책상을 바리케이트 삼았다.

그 때 박재준이 2번 강전웅 책상 아래쪽을 찼다. 강전웅 책상이 길을 막는 모양새가 되려 하자 임인균은 칠판 쪽으로 내달렸고, 차차마자 도주로로 향한 박재준이 간신히 임인균을 붙잡았다. 압살을 시작했다.

"아 미안 진짜 미안해. 근데 봐도 별문제 없잖아."

"개돼지야 닥쳐."

박재준은 온몸으로 임인균을 짓누르는 동시에 강전웅에게 사과했다.

"미안, 선생님 오기 전까지 돌려놓을게!"

강전웅은 책상을 되돌리는 것을 대수롭지 않게 여겼다.

"괜찮아."

강전웅은 이영완과 같이 우리 반에서 가장 덩치가 컸다. 까무잡잡한 얼굴이었고 기름 때문에 번들거렸다. 여드름 파인 자국 때문에 피부는 썩 좋지 않았지만, 덕분에 강해 보이는 인상이었다. 키는 180에 가깝거나 넘어 보였고 실제로 따로 운동하는 듯도 했다. 3번 반장 녀석 책상을 찼다면 일이 귀찮게 꼬일지도 몰랐다. 반장이 아닌 다른 녀석들도 불편해하거나 짜증을 냈을 수도 있다. 나는 강전웅이 괜찮은 녀석이구나 생각했다.

쉬는 시간이 끝날 때까지 박재준은 임인균을 족쳤다. 임인균이 비명을 질렀다. 좋은 본보기였다.

마지막은 수학 시간이었다. 미술 시간과 같은 이유로, 수학 시간에는 졸거나 다른 짓을 하지 못했다. 나는 칠판을 보며 머릿속에서는 다른 생각을 하는 방법으로 한 시간을 넘겼다. 종례, 청소. 이번 주는 나를 포함한 2, 30번대가 청소할 차례였다. 경현이 도서실 청소가 끝나면 만나서 가기로 했다.

나는 임인균과 함께 빗자루를 들었다. 임인균은 박재준이 존나 세게 눌렀다고 앓는 소리를 냈다. 청소는 수월하게 끝났다. 이태일이 조금 뺀질거렸을 뿐, 나머지는 착실하게 끝마쳤다.

뒷 번호 녀석들 중 괜찮은 녀석들이 많아 보였다. 마지막 쓰레기 봉지 버리기는 가위바위보로 정했다. 두 패로 나누었고 나와 장주원이 결승전을 치렀다. 장주원이 졌다. 임인균과 나는 강경현과 함께 교문 밖으로 나갔다. 임인균도 같은 방향이었으면 했지만 대동이 집이라고 했다. 바로 헤어지기에는 아쉬워 학교 앞 분식점에서 닭꼬치를 사먹었다. 분식집 주인 아들 꼬맹이 녀석이 까불어서 때려주고 싶었다.

임인균을 보낸 뒤 우리는 종점으로 걸었다.

"그 재야의 현자 말야, 도서실로 오던데? 도서실 선생님들하고 친한가 보더라고."

"그래?"

"국사 선생님인 것 같았어. 교과서 들고 계셨거든."

"음."

"뭐 아직은 모르겠어."

나는 태경공고가 쓸데없이 비밀이 많다고 생각했다. 갑자기 경현이가 아차 후회했다. 학교 앞 대여점에서 빌린 만화책 반납을 까먹었기 때문이다. 그냥 내일 줘야지. 그래야겠네. 우리는 보건대 앞을 지나며 말했다.

❋
❖
✖

17

학생회장 선거 결과가 나왔다. 기호 2번의 당선이었다. 1번보다는 공부를 잘하게 생긴 선배였다. 시간이 지나고 우리 반은 첫 만남에 대한 긴장이 거의 사라졌다. 학교생활과 같은 반 녀석들에게 어느 정도 적응했다.

권구영 패거리─안정연, 송석천, 오승희─가 경현이에게 보내는 모욕, 경멸 등이 날이 갈수록 노골적이었다.

주위 녀석들은 눈치 보면서 경현이에게 거리를 두었다. 경현이가 한 마디 하면 권구영네는 꼬투리 잡아 병신으로 만들려고 했다. 저 새끼 또 개소리 하면서 비웃었고, 다른 애들까지 억지로 끼워 넣으며 비웃음에 동참시켰다. 걔네들은 이도 저도 아닌 변명할 정도의 행동만 했고 어쩔 수 없이 억지로 웃었다.

경현이는 혼자서 버텼다. 그럴 때는 나도 옆에 가지 못했다. 무서웠다. 손이 오가면 나도 나섰을 텐데, 한 사람을 비웃음거리로 만드는 상황은 어쩐지 나도 그 대상이 될까봐 나서지 못했다. 권구영 패거리는 노는 애들이 그렇듯 다른 녀석들이 자신들을 무서워함을 알았고, 또 그 무서움을 이용할 줄도 알았다. 권구영네가 아직 보여주지 않은, 힘, 주먹, 집단 등의 위압은 드러나면 실제로 강력할지도 몰랐다. 그럴지도 모르고 아닐지도 모른다. 하지만 굳이 내가 나서서 확인해보고 싶지는 않았다.

맞서기보다는 피하기가 쉽다. 나는 당사자가 아니니까. 비겁하다? 비겁하다. 나는 비겁해졌다. 우리는 그래왔다. 어른들, 제도는 공중에 붕 뜬 비행선이었고 어른들 말은 두발 제한 때만 강력하게 발휘했다. 일찍이 서로에 대한 불신을 배웠고 속이 뒤틀리는 죄책감을 외면하는 방법을 배웠다. 패배감을 경험하며 누적했다. 심경의 변화를 변명할 생각도 없지만, 왜 나서지 못했냐고 혼난다면 부당하다고 생각할지도 모른다. 왜 이제 와서? 라고 말이다.

권구영은 경현이의 말에 미친 새끼야 지랄하지 말고 닥쳐, 라고 했다. 그리고 주변을 보며 웃었다. 억지웃음을 이끌어냈다. 권구영이 내게 말했다.

"너도 저딴 새끼랑 놀지 마. 같이 병신 되잖아."

나는 애매한 모습을 보였다. 눈을 돌리고 굳은 표정으로 희미하게 고개를 끄덕였다. 권구영은 나를 보더니 언제 그랬냐는 듯 주위 녀석들이랑 오토바이에 대해 떠들었다.

경현이와 집에 갈 때, 경현이는 굳이 나랑 있을 필요 없어— 라고 해주었다. 경현이가 말했다. 가만있지는 않아. 때를 기다리 는 중이야. 너가 굳이 나설 필요는 없어. 괜찮아. 경현이는 나를 위해주었다. 적어도 가해자에 합세하지 않도록 나를 눈에 띄지 않는 저만치 먼 곳으로 밀쳐놓으려고 했다.

나는 부끄러웠고 고마웠다. 그리고는 다행이라고 여겼다. 나 는 할 만큼 했어. 이제는 경현이의 몫이야. 자기도 인정했잖아. 죄책감이 아예 없진 않겠지. 하지만 거의 없을지도 모른다. 경현 이가 괜찮다고 했으니까. 얼마 전의 정의감보다, 지금 권구영 쪽 의 위압이 훨씬 더 커졌으니까.

그래도 나는 고쳐 말했다.

"아냐 같이 있을게. 있어야지."

"고마워. 운이 좋았던 것 같아. 처음에 말 걸었을 때 너가 이렇 게 좋은 놈일 줄은 몰랐어."

경현이는 위축되고 자신 없음을 스스로 견뎠다. 행동과 말에 서 자신감의 결여가 눈에 띄었지만 압박에 비한다면 대단한 선 방이었다. 경현이는 자기 자신이 틀렸다고 생각하지 않았다. 말, 행동에서 비웃음 당할 만한 실수가 없었다고 생각했다. 진짜 실수였을 때는 인정했다. 그것뿐이었어. 경현이는 스스로를 돌아보며 냉정하게 굴었다.

눈치와 줄어든 자신감, 애들에 대한 경현이의 배려로 인하여 경현이는 다른 애들과 거리를 두었다. 경현이가 들어오고 서로 재미있게 얘기하다가도 권구영네가 일점사를 하면 아무 말도 못 하고 눈치만 보았다. 그런 경우가 몇 번 되자 경현이가 조금씩 뒷걸음질 쳤다. 다른 애들은 배척하지도 감싸주지도 않았다. 경현이는 오히려 자기가 미안해했다. 하지 못한 말은 종점으로 갈 때야 꺼냈다.

권구영이 끼지 않은 채 우리 사이에서 분위기가 싸해지는 상황은 아무렇지 않았다. 금성식이 딴지 걸었다. 개 같은 자식. 금성식은 있던 곳에서 겉돌자 슬그머니 이리로 다시 왔다. 그리고는 김형인이나 임인균이 아닌 강경현을 공격했다. 권구영네보다 수위는 약했지만 요지는 비슷했다. 헛소리 좀 하지 마.

"야, 내가 뭔 별말을 했다고."

"아 좀 닥쳐."

금성식은 경현이의 말 한 마디도 듣기 싫어했다. 경현이는 따지려다 그만두었다. 내가 경현이를 도와주었다.

"너가 뭔데 지랄이야."

"너는 끼어들지 말고."

"아니, 너가 뭔데 여기 또 와서 지랄이냐니까? 할 말 없으니까 맨날 하는 소리가 개소리 하지 마, 닥쳐, 이런 거."

나는 직감적으로 말을 바꾸었다.

여기서 우리랑 놀던 놈도 아니잖아, 꺼지던지— 라고 하려고 했다. 그러나 그 말을 하기에는 우리의 유대감이 약했다. 그냥 올 수도 있잖아? 라고 하면 할 말이 없다. 우리, 너 존나 싫어하거든? 이라고 되받아 칠 수도 없다. 사실은 그렇다. 적건 많건 금성식을 좋아하는 녀석은 없다. 그러나 보낼 수도 없다. 수동적인 녀석들이기 때문에 직접 의사표시 하는 상황을 좋아하지 않았다.

경현이는 우리라고 하기에는 겉돌았다. 그리고 나, 나는 우리를 대표할 수 없다. 약한 결속이라 대변하는 힘 역시 약하다. 우리는 세거나 약한 녀석이 없고, 때문에 중심도 없다. 농담 따먹기 대화를 이끌어나가는 상황과는 다른 문제다. 그러므로 나는 말을 궤도를 바꿨다. 조롱, 놀림, 약올리기로 바꾸었다. 멱살을 잡히지 않을 만큼, 그러나 멋대로 나대며 경현이를 놀리기는 막을 정도로 말이다.

"존나 할 말이 없지? 그러니까 와서 욕이나 하고. 어딜 가도 그렇잖아, 다른 애들이랑 있을 때는 그래도 닥치기라도 하는데, 여기는 애들이 존나, 니 맘대로 해도 뭐라 안 하니까 욕이나 처하고."

"그만 해 씨발놈아."

"너나 그만 해, 병신같이 허세만 쩔어서."

마지막 말은 위험했다. 권구영 있는 데로 꺼지던지, 라고 하려고 했지만 급히 바꿔 말했다. 경현이에게 직접 도움을 주는 듯한 뉘앙스는 피했다. 애들이 부담스러워하기 때문이다. 권구영 무리의 과녁이 자기에게로 오면 오히려 더 경현이를 배척할지 모른다.

나도 모르게 나온 말이었지만 싸움을 각오하고 한 말이었다. 싸운다면 어쨌든 닥치기는 할 거니까. 금성식은 씨발 새끼라고 중얼거리며 말을 멈추었다.

체육 시간이었다. 우리는 체육복으로 입는 개인 운동복으로 갈아입었다. 체육 선생님은 너무 앉아 있지만 말라고 하고는 실습동2 건물 쪽으로 가셨다. 양아치 새끼 몇몇은 앉아 떠들었고 몇몇은 축구공과 농구공을 가지고 가서 놀았다. 입으로는 스타 플레이어인 듯 구는 모습이 같잖았다.

평소에는 체육 시간 때 구석에 앉아 떠들었다. 원래 운동하는 녀석이나 운동 신경이 좋은 녀석 정도가 체육 시간에 몸을 움직인다. 그런 녀석들도 가끔은 앉아서 빈둥거리며 시간을 축낸다. 나같이 둔한 녀석이 나대면 놀림거리가 될지도 모른다. 몸을 움직이기보다 입만 움직이는 게 편했다.

다른 녀석들과 함께 구석진 쪽으로 가려고 했다. 그런데 간혹 우리와 같이 다니는 신남규가 캐치볼을 하자고 제안했다.

"체육실에 글러브 몇 개 있더라. 하자, 재밌다니까."

"공은?"

"집에 두 개 있는데 가져왔어."

"딱딱하네. 아프잖아 이거."

"살살 하면 되지. 좀 아니까 알려줄게."

금성식이 물었다.

"야구 좋아하냐?"

신남규는 비리비리하고 소심했고 목소리 톤도 얇았다. 그래서 만만한 인상이었다. 금성식의 질문은 비웃음과 얕잡음이 깔려 있었다.

"한화 이글스 좋아하는데 직접 하는 건 잘 못 해."

신남규는 금성식의 뉘앙스를 아는지 무시하는 건지 평소 말투로 대답했다.

내가 말했다.

"나는 야구는 잘 모르겠는데."

"그냥 캐치볼만 하자니까."

한번 해볼까, 하는 흥미에 다시 체육실로 찾아가 글러브를 꺼내 왔다. 박재준, 금성식, 임인균은 앉은 채였다. 글러브는 야구를 모르는 내가 봐도 낡아 보였다.

"포수 미트로 할까. 멀쩡하네 그나마. 그래도 줄이 뜯어진 건 없으니 할 만할 거야. 가자."

우리는 우리 반 애들과는 떨어진 박재준네 앉은 쪽에서 공을 주고받았다. 나랑 신남규, 경현이와 김형인이 서로 캐치볼 상대였다. 봄 날씨가 쾌청했다. 간혹 찬바람이 불면 몸서리쳐졌지만 캐치볼이 재밌었기 때문에 신경 쓰지 않았다.

"폼이 너무 뻣뻣하잖아. 어깨로 회전하는 걸 연습해봐. 안 되겠으면 팔꿈치를 휘두르면 팔이랑 손도 자연스럽게, 어깨 아래로는 내리지 말고 더 높이, 그래, 내가 하는 거 보이지? 안 되는 사람도 있는데 너는 잘 되네. 센스가 있는 편이야."

신남규 말대로 하니 뭔가 더 부드럽게 공이 나갔다. 신남규는 김형인과 강경현도 알려주었다. 단순히 공을 주고받을 뿐이었는데도 즐거웠다.

"근데 한화 이글스는 잘해?"

"대부분 중간은 가는데. 올해는 모르겠다, 개막하면 좀 알겠는데. 윤규진이랑 안영명이라고 신인 지명한 녀석 있는데 걔네가 잘해주면 저번보단 잘할 거야."

나는 고개를 끄덕였다. 무슨 얘기인지 몰랐다. 다른 녀석들도 야구를 몰랐다. 야구보다는 축구를 곧잘 하면서 놀았다. 초등학교—그때는 국민학교였나?—3학년 때까지였던 것 같다. 나는 좋아했지만 잘 하진 못했고, 실수 할 때마다 욕만 먹었다.

특히 아무것도 안 하고 골대 앞에서 골만 넣는 녀석들이 뭐라고 할 때는 정말 얄미웠다. 너네는 원래 그렇게 하면 안 돼, 반칙이야, 하고 싶었다. 하지만 그 녀석들은 일단 골이라도 넣으니까. 그때는 그 녀석들이 반에서 잘 나가는 녀석들이었으니까 말이다. 나는 실수에, 비난에, 다시 실수를 했고 자신감을 잃어갔다. 어느 때부터 걔네들이랑 놀지 않기로 마음먹었다. 그때 이후로 체육에 거리를 두었던 거 같다. 잘 못 할 때도 있고 간혹 실수하기도 하는 건데. 내게 괜찮다고 한 녀석은 아무도 없었다.

"야 갑자기 세게 던지면 어떡해, 말을 해야지."

신남규는 뒤로 굴러간 공을 주워 왔다. 나는 둘러댔다.

"신남규 때문에 신나서 그래. 신남규 때문에 신남."

"재밌냐."

"재밌으라고 그랬지."

"하지 마."

"알았어 알았어."

신남규는 몸이 풀리는지 받는 사람이 느낄 정도로 점점 세게 던졌다. 체구에 비해 굉장했다. 투수처럼 다리를 들고 던질 때는 무서워서 공을 피했다.

"무섭잖아."

"세게 안 던질게."

김형인과 강경현 쪽은 난리였다. 지적해줘도 잘 고쳐지지 않았다. 이상한 폼으로 엉뚱한 곳에 공을 던졌다. 제대로 던져도 글러브질이 서툴어 공을 놓쳤다.

"하다 보면 늘어."

신남규가 말했다.

해보니까 확실히 늘었다. 레벨 1에서 레벨 3 정도. 어차피 초반은 금방 오른다. 뒤로 갈수록 레벨업이 쉽지 않다. 게임과 비슷하다.

우리는 적당히 놀다 다시 글러브를 놓고 얘기하는 무리에 끼어들었다. 신남규 혼자서 스탠드에 투구 연습을 하며 놀았다. 다른 애들은 게임 얘기를 하는 중이었다. 내가 했던 창세전쟁이었다.

"나 그거 만렙 찍었는데."

애들이 놀라서 물었다. 박재준하고 김형인이 휘둥그레졌다.

"만렙 찍긴 했는데 안 한지 꽤 됐어. 아이템도 다 팔고. 이제 잘 모른다니까."

"무슨 캐릭터?"

"캐릭터 하나씩 전부 다 만렙 찍었지. 게임에 미쳐 살 때라. 부질없다 야."

하나는 내가 키워준 채연이의 힐러 캐릭터였다.

"뭐 부질없어, 쩔 좀 해줘. 스킬 찍어놓은 건 있을 거 아녀."

"그렇긴 한데 이제 집에서는 잘 못 해."

박재준하고 김형인이 날뛰었다.

"피시방에서 하면 되잖아 깐돌아."

"아 돈 없다니까 깐돌아."

"저녁에 같이 하자, 시켜줄 테니까."

"방과 후에 공부해야지 임마."

"아." 박재준은 아쉬워했다. "시발, 그럼 주말에 좀."

"뭐 그러던지. 금방 하니까."

우리는 단숨에 약속을 잡았다. 우리 사이에서 게임 얘기가 늘었다. 게임 얘기는 티비 예능이나 드라마처럼 쉽게 나누는 주제였다. 여자애들은 무슨 얘길 하는지 모르겠지만 남자애들은 어지간하면 게임 한두 개 정도는 하니까.

박재준과 김형인이 하는 창세전쟁은 '한번 해볼까' 바람을 타고 너도나도 한 번씩 건드렸다. 나는 게임을 다시 하고 싶지는 않았다. 하지만 내 주위로 오는 녀석들이 많아졌고, 어떻게 해야 할지 정도는 알려주었다.

반에서는 해본 녀석들이 제법 되는 모양이었다. 자기들끼리 어떻게 할지 얘기하고 파티를 맺고 다니기도 했다. 금성식과의 긴장은 유야무야되었다. 나 때문인지 금성식은 같이 있을 때에도 잠잠했다. 덕분에 경현이가 수월해졌다. 집에 갈 때 경현이가 물었다.

"그 게임 재밌어？"

"할 만은 하지."

"나도 해볼까？"

"아냐 됐어. 넌 하지 마."

"음. 역시 그러는 게 낫겠지？"

"그래, 하지 마."

경현이와 권구영네는 그대로였다. 나아질 기미는 없었다.

너의 어제를 노래하며

18

❋ ◆ ✕

전일제를 하는 토요일이었다. 4월의 첫 주말이었다. 아무것도 하지 않아도 되기 때문에 기뻤다. 뭘 해야 할지는 그때 생각하면 된다. 굳이 무얼 할 필요도 없다. 교실과 공부에서 벗어나, 우리가 스스로 무언가를 해야 하는 상황이 좋았다.

경현이는 특히 좋아했다. 권구영 패거리가 주는 긴장이나 압박에서 벗어나 자유를 느꼈다. 도서실은 도피처이자 안식처이며 또 목표였다. 도서실에 새 책이 들어오고부터는 책장의 빈 공간도 소화시킬 음식처럼 보았다.

2학년이 되기 전에 다 채워질 거야, 경현이가 말했다. 도서실 책장으로 지적 허영을 채웠다. 책등을 살펴보고 꺼내어 표지를 훑는다. 뒷부분에 나온 책의 짧은 정리와 책날개에 나온 작가의 약력을 살핀다. 책을 보지 않아도 상관없었다.

알고 있다는 이유만으로, 두근두근한 호기심으로 겉면을 훑는 정도로도, 작가와 책에 가까워졌다. 지적 포만감을 기껍게 받아 들였다. 그리고 불쾌하지 않을 만큼 거드름을 피운다. 이름과 정보에 대한 몇 차례의 언급이면 충분하다. 보르헤스와 헨리 제임스의 차이, 랭보와 베를렌에 대한 가십, 포스터와 제인 오스틴, 브론테 자매들의 글에 나타난 영국풍에 관하여.

우리가 다른 애들이 푹 빠진 미연시나 애니로 허세를 부리지 않아 다행이었다. 이쪽은 아는 사람도 얼마 없을뿐더러 있어 보이기까지 했으니까. 그리고 그 단계를 건너왔기 때문에 어떻게 보일지 알았으니까. 때문에 이 소재에 관하여, 나만의 앎이라는 폐쇄적인 자부심은 없었다. 독점욕은 인정한다. 하지만 누군가 우리에게 틀렸다고 지적해주거나 중요한 부분을 첨언해준다면 받들어 모실 것이다.

지적 허영. 맹렬한 책읽기를 도와주는 연료. 허영과 독서가 서로를 자극하며 내 자부심을 북돋았다. 그 마음가짐이 허튼 잘난 척이며 한심하고 또 유치하게 보임도 알았다. 하지만 알고 있는 들 태도를 바꾸고 싶지는 않았다.

경현이는 아침 일찍 선생님과 사서 선생님뿐인 도서실을 마음껏 즐기는 중이었다. 내가 물었다.

"전일제 날 여기서 뭐 한대?"

"영화 감상문 쓴대. 저걸로 본다던데."

경현이는 눈짓으로 책장 옆의 티비를 가리켰다. 나는 경현이가 집어든 책을 보았다. 책 귀퉁이에 제목인 듯싶은 '형상시집'과 '나는 그 꽃다발에 부끄러움 같은 것을 느낀다. / 너도 두려움을 느끼는가, 나의 친구여?' 라고 적힌 시구를 보았다. 경현이가 선 맞은편에 릴케의 이름이 나란했다.

"금방 또 들어올 거래. 그래도 생각보다 많이 왔어."

경현이가 말했다. 나는 고개를 끄덕이고 책장들을 돌아보았다. 책장의 빈 공간에 익숙해서였는지 전체로 보면 크지 않음에도 불구하고 책이 상당히 늘어나 보였다.

학생들이 한두 명씩 들어왔다. 경현이는 몇몇과 인사했다. 도서부원들이라고 귀띔해주었다. 교무실 대신 이곳에서 일하시는 국어 선생님도 오셨다. 학생들이 웅성거리자 데스크에 앉은 사서 선생님이 주의를 주셨다. 학생들은 책장 주위로 모여들어 책들을 구경했다. 우리는 책장에서 나왔다. 국어 선생님이 큰 소리를 냈다.

"여기 전일제 도서부인 애들이 다 온 건가."

동의를 나타내는 소극적인 표시가 나왔다. 국어 선생님이 확인하곤 애들을 책상 쪽으로 모았다.

"자 일단 앉고. 출석을 불러볼게요."

결석은 없었다. 명단이 잘못 넘어갔는지 처리가 늦어졌는지

한 명이 더 왔다. 그 녀석은 처음에 적었던 부로 돌아가 확인해 보기로 했다. 전교생이 나뉜 치고는 수가 적었다. 서른 명이 되지 않는 듯했다. 국어 선생님이 말했다.

"여러분은 영화를 볼 거예요. 무슨 영화를 빌렸지? 아 저거, 두사부일체라고 하네. 저거 보고 여기 컴퓨터로 감상문을 하나씩 올리는 겁니다. 본 사람은 한 번 더 봐. 저쪽 티비로 볼 거니까 의자 들고 가서 앉고."

우리는 나무 의자를 들고 가서 앉았다. 앞뒷사람 머리에 가리지 않는 책장 쪽이었다. 도서부원들이 커튼을 치고 불을 껐다. 이른 아침부터 별생각 없는 빈 머리로 영화를 보았다. 경현이는 쉬는 시간마다 거지 발싸개 같은 부질없는 깐돌이 영화라고 촌평했다. 나는 맥없이 웃었다. 으쌰으쌰 힘이 들어가지 않는 유별난 주말임을 깨달을 때는 이미 힘이 빠져 꼼짝 못했다. 봄기운 때문인지도 몰랐다.

영화가 끝난 뒤 경현이는 신문에 올라가는 평론인 양 정성 들여 비판했다. 나는 방금 봤음에도 경현이에게 내용을 되물어가며 썼다. 내용 열다섯 줄, 느낀 점 두 줄. 선생님과 아버지에게 잘해야겠다고 생각했다, 라고 글을 마쳤다. 거짓말이었다.

전일제 수업인 만큼 평소보다 일찍 마쳤다. 반 시간 가량 빨랐다. 학생들은 더 일찍 끝난 부를 부러워했지만 나갈 때는 모조리 잊어버리고 좋아하면서 나갔다.

너의 어제를 노래하며

경현이를 포함한 도서부원들은 뒷정리를 했다. 나는 어색하게 서있다 도서실 청소를 도왔다. 사서 선생님이 물었다.

"경현이 친구냐."

"네."

그러고는 도서부원들에게 큰 소리로 물었다.

"짜장면 먹을래 짬뽕 먹을래."

도서부원들이 좋아했다. 나는 분위기만 살폈다. 나도 먹나? 도서부원 한 명이 집안 사정으로 빠졌다. 눈치 보던 내게 사서 선생님이 뭘 먹을지 물었다.

"짜장면이요."

사서 선생님이 어디론가 또 전화 걸었다. 아유 선생님, 점심 드셨습니까. 중국 요리 먹을라고 하는데 같이 드실랍니까. 네 간 짜장. 네. 바로 시킬 거니까 이따 오세요. 나도 간짜장으로 바꾸고 싶었지만 관두었다. 사서 선생님은 메뉴를 확인하고는 세트 메뉴로 묶을 만한 것이 또 있나 궁리해보시고 전화하셨다.

"저기 태경공고 도서실입니다. 3층요. 그거 세트 메뉴로 시키려고 하는데, 비랑 씨 이렇게. 근데 하나는 간짜장이고 두 개는 짜장 곱. 네. 아이고 알겠습니다, 언제 한번 같이 바다낚시 가십시다."

우리는 더 열심히 청소했다. 청소를 마친지 얼마 지나지 않아 배달이 도착했다.

재야의 현자 선생님도 같이 왔다. 우리는 서둘러 도서실 책상 두 개를 이어 붙이고는 자리를 척척 준비했다. 국어 선생님과 사서 선생님, 재야의 현자 선생님은 친한 아저씨들이 나누는 실없는 몇 마디를 주고받고는 자리에 앉았다. 나는 계속 눈치를 보았다. 나무젓가락을 둘로 나누고 서로 비빌 때도 눈치 보았다. 재야의 현자 선생님이 내게 물었다.

"넌 누구냐?"

나는 어안이 벙벙해 무슨 말을 해야 할지 몰랐다. 사서 선생님이 나와 경현이를 가리키며 설명했다.

"얘는 도서부원 친구. 그 왜 책 백 권 넘게 신청한 애 친구요."

그러자 재야의 현자 선생님이 경현이에게 "니 친구냐?" 하고 물었다. "네." 경현이가 대답했다.

"이놈 저번에 구도서실 앞에 있더라구. 한 번 마주쳤는데 처음 보는 얼굴이라. 신입생인지."

비밀의 굴은 구도서실일까.

신입생이죠. 사서 선생님이 거들었다.

"국사 수업 때 볼 수 있을런지 모르겠다. 내가 국사 선생님인데 수업이 2, 3학년 때만 있으니."

"아, 네."

"근데 너는 뭐하러 거기서 얼쩡거렸냐."

"그냥 학교 좀 돌아보려고……."

그러더니 국사 선생님은 이번 신입생 놈들은 이상한 애들이 많아. 글을 쓴다고 하질 않나, 라고 했다. 국어 선생님과 사서 선생님이 웃었다.

나는 국사 선생님을 보며 스티븐 호킹을 떠올렸다. 스티븐 호킹이 아프지만 않았다면 닮지 않을까 했다. 연배는 국사 선생님 쪽이 더 많았다. 흰머리에 주름, 나뭇가지 같이 말랐으면서도 성마르고 꼿꼿한 인상이었다.

"너는 뭐 하는 놈이냐? 얘처럼 글쟁이?"

"아뇨, 저는 글은 잘 못 쓰고 만화를……."

"만화? 만화 그리는 놈이 왜 여긴어."

"아이 애 밥맛 떨어지게 왜 그래요. 좀 먹이고 말 시킵시다."

그러자 국사 선생님은 많이 먹어라, 툭 던지시곤 다 먹을 때까지 더 이상 묻지 않았다. 나는 일방적인 분위기에 압도당한 채로 먹었다. 경현이도 나랑 처지가 다르지 않았다. 그 와중에도 짜장면 군만두 탕수육 세트는 맛있었다. 그릇이 비워질 때 즈음에야 다시 국사 선생님이 물었다. 이번엔 경현이었다.

"너 근데 에릭 홉스봄이 누군질 알고 책을 시켰냐."

"저는 저자는 잘 모르겠고 책이 재밌을 것 같아서…."

"혹시 마르크스 사관이라고 들어는 봤냐."

"아래로부터 위로의 역사…….."

"그게 무슨 뜻인데."

다른 도서부원들은 접시를 치웠다. 경현이는 선생님 눈치를 보며 자기 그릇만 겨우 건넸다. 나는 경현이와 선생님 간의 질답을 지켜보았다.

"그러니까 그게, 기존의 역사를 배울 때는 특정 인물이나 사건 중심-, 그 사람이나 사건이 끼친 영향을 중심으로 배우는데요. ―아래로부터 위로의 역사는 민중사나 사회사 등의, 교과서에서 나온 관점과는 다르게 보고, 그게 사실 그것으로부터 역사가 돌아가는 것이라는 뭐 그런…….."

"백점은 아닌데 영 깡통도 아니네."

한 마디 한 마디가 시험을 치르는 듯했다.

경현이가 용기를 내어 물었다.

"혹시 국사 선생님 계시는 곳에 글 쓸 만한 곳이 있나요? 문예부를 만들고 싶은데 장소가 없어서."

"문예부?"

"네……."

경현이는 구도서실을 생각하고 말한 듯했다. 국사 선생님이 나머지 선생님 두 분에게 물었다.

"뭐 더 시킬 거 있나요. 얘네 좀 데려가도 되겠어요."

"아이 그럼요. 그래도 되죠."

"그럼 가방 들고 따라와라."

우리는 부리나케 가방을 짊어졌다. 나머지 사람들에게 인사하고 국사 선생님의 뒤를 따랐다.

온 몸을 지배하던 나른함이 사라졌다. 갑자기 활기가 돌았다. 난데없이 예상 밖의 모험이었다. 우리는 이제 어떻게 될 것인가? 이 천연덕스럽고 어쩐지 새침한 느낌마저 주는 나이 든 길잡이를 따라가면 무슨 일이 벌어질 것인가? 과연 이 분은 우리에게 호를 느끼는가, 불호를 느끼는가? 가느다란 회초리를 집고 뒷짐을 진 채 생각이 많아서인지 나이에 겨워서인지 고개를 끄덕이며 걷는 뒷모습. 도저히 짚어낼 수 없는 심연이었다.

마침내 비밀의 굴 입구에 도달했다. 뽀얗게 피어오르는 것이 창 너머로 봄빛으로 비쳤다. 국사 선생님은 자물쇠를 땄고 문을 밀었다. 우리는 순식간에 2, 30년 전으로 뛰어들었다.

퀴퀴한 냄새가 났다. 그늘에는 뭔가 작업하던 그라인더와 각목 등이 있었다. 열면 수천 마리의 거미가 튀어나올 것 같은 닳

힌 문들이 좌우로 나란했다. 우리는 국사 선생님을 따라 열려진 거대한 철문을 지나 바로 앞 국사 선생님이 들어간 방으로 따라 들어갔다.

그곳은 낮인데도 불이 켜진 채였으며 수많은 책들과 잡동사니가 즐비했다. 햇볕이 들지 않아 갓 점심을 넘겼음에도 꽤 시간이 지난 오후 같았다. 커피 마실 거냐, 국사 선생님이 물었고 우리는 괜찮다고 했다.

책상은 너저분했고 책상 뒤의 라디에이터는 녹이 슨 채 기계소리를 내며 작동했다. 녹과 먼지, 어둡고 너저분함은 이 구도서관 침침한 굴에 대한 인상이기도 했다. 국사 선생님은 커피포트로 물을 끓였고 종이컵을 꺼내 믹스를 뜯어 내용물을 털어 넣었다. 끓은 물을 부었고 막대기처럼 말은 커피믹스 껍데기로 종이컵 안을 저었다. 나는 혼자 동떨어져 외로운 신을 생각했다.

"앉아라."

국사 선생님의 말에 우리는 가운데 소파에 앉았다. 국사 선생님은 종이컵을 들고 테이블 건너 맞은편 소파에 앉았다. 테이블 위에는 나무로 된 작은 옛 탑의 재료들이 어질러 있었다. 국사 선생님은 커피를 드시고는 담배를 꺼내 불을 붙이셨다. 우리에게 물었다.

"너네는 담배 피냐."

"아뇨."

　　　　　너의 어제를 노래하며

나는 손으로 담배 연기를 내저었다. 다른 의도는 없었다. 담배 연기가 싫었다. 국사 선생님이 담배 연기를 옆쪽으로 내뿜고는 이어 물었다.

"왜 문예부를 만들고 방을 얻으려고 하는 건데."

경현이가 침을 삼키고 대답했다.

"뭔가를 하고 싶었습니다. 글 쓰는 거를 집에서도 할 수 있지만 학교에서 더 하고 싶었습니다. 마음가짐, 자세의 차이 정도일 겁니다. 인문계 애들은 야자를 하며까지 공부하고 여기에서도 대학 때문에 남아서 공부하는 애들도 꽤 됩니다. 저희도 해야겠다는 생각이 들었습니다."

"인문계고 여기고 남아서 똑바로 공부하는 애들은 별로 없는데."

"그러니까 해야겠다, 하고 싶다는 마음 중에서 하고 싶다가 더 우선합니다. 더 좋은 방향, 더 좋은 글……."

국사 선생님은 담배 한 개비를 더 태웠다.

경현이가 물었다.

"제가 관심 있는 쪽이 스페인 내전인데 혹시 좀 아시는 게 있다면……."

경현이는 진짜 궁금한 마음에, 또 어느 정도 잘 보이고 싶은 마음에 물었다.

"그거야 프랑코 총통이 잘못한 거지. 카우디요라고 했나? ……"

"네."

"문제는 어떻게 해서 그런 사람이 나왔고 집권했느냐 그 배경이란 말이지."

그러면서 국사 선생님은 스페인 내전 이전의 스페인 상황과 내전의 양상을 여러 측면에서 설명해주셨다. 경현이는 긴장한 채 하나도 놓치지 않으려는 듯 눈 한 번 깜빡이지 않고 들었다. 긴 설명이었다. 설명이 끝나자 국사 선생님이 내게 말했다.

"근데 너는 만화 그리잖아."

"저도 같이 배울 수 있습니다. 그리고 경현이가 쓰면 제가 그걸 그리고 만화 연습도 하고…."

"음." 국사 선생님이 말했다. "따라와라."

국사 선생님은 국사 선생님 방 건너 두 칸 왼쪽, 두 번째 철문 바로 옆에 있는 방문을 열어젖혔다.

"이 방이면 되냐."

우리 앞에 담에 막혀 햇볕이 들지 않았으며 먼지이불이 뽀얗게 덮인 방이 나타났다. 종이 쪼가리 몇 개도 굴러다녔다.

국사 선생님이 다시 물었다.

"이 방이면 되냐."

　　　　　너의 어제를 노래하며

우리는 동시에 대답했다.

"이 정도면 됩니다."

국사 선생님은 주머니에서 키를 꺼내주었다. 그리고는 오늘은 주말이니 다음 주부터 하라고 하셨다. 우리는 알겠다고 했다. 그리곤 집으로 가는 길에 온갖 계획을 세웠다. 집에 도착하고 나서야 무슨 일이 벌어진 건지 실감했고 정신없이 날뛰었다.

난생처음 일요일에도 학교 가고 싶었다.

19

집에다가는 미술부에 가입해서 앞으로 늦게 올거라고 말했다. 문예부라고 하면 괜한 의심을 사거나 피곤한 질문을 받을까봐 미술부라고 거짓말했다. 공모전 등 이것저것 준비한다고 말했는데 따지고보면 영 거짓말은 아니었다. 부모님은 딴짓하지 말고 잘하라며 선선히 믿어주셨다.

경현이와 나는 방과 후마다 문예부와 문예부 주변을 정리했다.

생각보다 해야 할 일이 많았다. 첫날은 쓸고 닦은 뒤 바로 옆

너의 어제를 노래하며

화장실까지 정리했다. 쓰레기통으로 가져온 비닐봉지 안에는 얼마 담기지 않았다. 하지만 거미줄 세 개를 치웠고 걸레를 다섯 번이나 빨았다. 빨래도 문제였는데, 문예부 화장실에서 녹물이 나왔기 때문에 본관까지 가서 빨아야 했다. 신발 벗는 문 앞에서부터 바닥을 닦으며 나아갔다.

그 와중에 몇 가지 문제들을 남아 있었다. 책걸상이 없었다. 형광등 불빛은 약했고 콘센트는 110볼트만 취급했다. 화장실은 더럽고 낡았다. 재래식이 아니었고 푸지게 쌓인 배설물이 없는 것은 다행이었다. 있어도 다 말라비틀어졌을 테지만 말이다.

녹물은 아무리 틀어도 멈추지 않았다. 우선 소변기를 포함해 화장실 전체에 뿌렸다. 소변기는 공동으로 쓰는 기다란 구식 스테인레스였다. 거기서 나오는 묵은내가 문예부 앞까지 퍼졌다. 우리는 녹물과 학교 앞에서 사온 락스를 들이붓고 본관 화장실에서 가져온 솔로 냄새를 재웠다. 마무리는 본관에서 퍼온 물 양동이로 처리했다.

저녁도 건너뛰고 두 군데만 청소했을 뿐인데 보충반 녀석들이 하교하는 소리가 들렸다. 화장실 불은 문예부보다 희미해 공포 분위기를 조성했다. 복도 불로 대신하면 좋겠지만 복도 불은 켜지 말라고 국사 선생님이 말씀하셨다. 우리는 그 말에서 비공식적인 절차에 관한 암시를 파악했다. 그리고 서로 정하지 않았지만 문예부에 가기 전에 본관 화장실에 들렀다.

쓸 만한 책걸상은 학교를 돌다 발견했다. 실습동1 뒤였다. 버리려고 모아 놓은 학교 기물들이 잔뜩이었다. 중앙에 놓을 큰 책상과 반에서 쓰는 개인 책상, 의자를 들고 왔다. 녹이 슬지 않고 구부러지거나 파손되지 않은 것을 찾으려니 시간이 걸렸다. 들고 가는 길은 내리막이지만 학교가 커서 짧은 길이 아니었다. 우리는 몇 번씩 바꿔 줘었고 또 쉬었다.

"이렇게 맘대로 써도 되는 걸까?"

"이미 문예부도 우리 맘대로 쓰는 것 같은데. 그리고 여기서 하나 더 가져간다고 뭐 되겠어?"

우리는 세 번이나 왔다 갔다 했다. 가져온 뒤에는 걸레로 먼지를 닦아냈다.

불빛은 형광등을 갈아도 약했다. 우리는 개인 스탠드를 사기로 했다. 돈 쓸 곳이 많았다. 나는 집에 또다시 진실이 섞인 거짓말을 했다. 새로 산 스탠드는 부모님께 보여드린 뒤 다음 날 아침 문예부에 가져다놓았다. 스스로 거짓말에 질려서 조만간 부모님께 사실을 얘기해야겠다고 마음먹었다.

우울하게도 스탠드는 110볼트를 취급하지 않았다. 110볼트 컨버터로 연결해봐도 불이 제대로 들어오지 않았다. 우리는 어떻게 할지 조사했고 변압기를 사기로 결정했다. 부모님께 거짓말을 하지 않은 경현이가 변압기를 맡기로 했다.

너의 어제를 노래하며

경현이는 큰돈을 들여 어렵게 변압기를 구해 왔다. 머리통만 한 크기에 꽤 무거웠다. 우리는 변압기에다 멀티 콘센트를 연결해서 전기를 사용했다. 변압기의 최대한도를 넘기지 말아야 했기 때문에 쓰고 싶다고 이것저것 연결할 수 없었다.

해가 지면 바로 추워졌는데, 문예부는 응달이라 더 심했다. 우리는 전기세가 아니라 전기 사용 한도를 걱정하며 추위를 어떻게 견딜지 궁리했다. 시린 손은 참아보고 시린 발은 털 슬리퍼로 해결했다. 나는 채연이를 통해 무릎담요 두 장을 얻어왔고 경현이에게 하나 주었다. 경현이는 '됐어 시발아' 라고 했지만 결국 자기 무릎 위에 놓았다.

국사 선생님은 별말씀이 없었다. 칭찬도 비난도 않으셨다. 스쳐 지나가며 우리가 하는 일을 보실 뿐이었다. 방에 계실 때 아무 소리도 안 들리거나 글라인더 소리만 들렸다. 가는 시간은 국사 선생님 마음대로였다. 학교 끝나자마자 바로 가시기도 했고, 어떤 날은 밤까지 남아 우리보다 오래 계셨다. 단 한 번 도와주셨는데, 저녁 식사를 도와주셨다.

우리는 학교에서 먹는 저녁 식사는 포기했다. 저녁 식사는 학교 운동부, 보충반, 기술반 녀석들이 신청해서 먹었다. 우리에게는 신청 권한이 없었다. 국사 선생님은 우리에게 저녁 먹었냐고 물어보셨고, 당연히 먹지 않은 우리는 짜장면을 얻어먹었다.

다음 날 보니 일이 잘 풀려 있었다. 국사 선생님이 우리를 데리고 급식실로 들어갔다. 국사 선생님은 우리 식권을 사주셨고, 돈이 있으면 식권을 사라고 일러주셨다. 학생 형편에 마냥 싼 편은 아니었지만, 우리에게는 최선이었다. 저녁 밥맛은 점심 때보다 별로였지만 한창 작업하다 와서인지 남기지 않고 먹었다.

부원 모집은 도서실 앞에 붙인 문예부원 모집 포스터가 전부였다. 포스터 그림은 내 몫이었다. 앉아 무언가를 골똘히 적는 학생의 뒷모습이었다. 포스터는 딱 일주일 붙였는데 아무에게도 연락 오지 않았다. 우리는 부원 모집에 소극적이었는데, 국사 선생님이 하셨던 말씀, 수상하다는 듯 찾아오는 수위, 낯선 선생님들이 탈선의 낌새를 찾으러 기웃거렸기 때문이다.

우리는 잘못한 것이 없었지만 미스터리를 지키기 위하여 방어적인 자세로 전향했다. 비공식의, 음침한 두 명. 하지만 어떤 굉장한 무언가를 만들기 위해 작당하는 녀석들의 인상을 유지하고 싶었다.

방의 기초를 잡고 쓸 만하도록 하는 일만 해도 일주일 넘게 걸렸다. 그래도 재밌게 했다. 우리는 준비하는 내내 작품 구상과 방의 방향에 관하여 떠들었다. 책 이야기, 애들 이야기, 학교생활, 채연이, 옛날이야기, 집안 사정, 형편없는 농담까지 게워냈다. 문예부에서 끝이 아니라 집에 가며 이야기했다.

"근데 만화나 미술 하는 건 학원 가도 되지 않아?"

"사실 그러는 게 일반적이긴 한데, 그러고 싶지 않아. 어차피 예고도 떨어지고 이참에 혼자 해보는 데까지 해보게. 글 쓰는 데 는 없어?"

"찾아보면 있지. 있긴 한데, 나도 혼자 하고 싶어 마찬가지로. 예전부터 학원은 잘 안 갔어."

"왜?"

"학원 냄새 알아? 나만 그런 건지는 모르겠는데, 학원 들어갈 때 학원 특유의 냄새가 있어. 향이라고 해야 하나. 그게 너무 싫 었거든."

"학원 냄새?"

"뭐라고 해야 하나, 뭔가 공부하는 종이들로만 이루어진 냄새. 서점이나 도서실하고는 또 달라. 그게 왠지," 경현이는 정확한 단어를 떠올리려고 노력하는 듯했다. "공부를 강요한다는 느낌 을 받았거든. 압박감, 이런 거."

"그래? 음."

어렴풋한 느낌만 왔다. 그런 게 있었나? 정도의 기억이었다. 이제 나에게도 학원은 동떨어진 장소였다.

"아무튼 그래. 그게 싫어. 물론 가도 공부를 안 할 테고."

"안 하는 거여 못 하는 거여."

"둘 다지."

경현이가 또 내게 물었다.

"근데 손으로 그리는 거 말고 타블렛이나 이런 것도 해야 하지 않아?"

"어차피 손으로 잘 그려야 해. 기계만 좋아서 뭐하겠어."

"하긴 그러네."

그러고서 경현이는 음흉하게, 또 부끄러워하며 물었다.

"야. 그분이랑 어디까지 갔는데."

경현이는 채연이를 그분이라고 지칭했다.

"뭘 어디까지 가. 저기까지 갔지."

"아 좀 말해봐."

"갑자기 왜 그려, 너 원래 안 이런 녀석이잖아."

"나 원래 이래. 궁금하잖아. 쪽팔리니까 얼른 대답하라고. 진도 어디까지."

"진도니까 전남까지 갔지. 진돗개 오케이?"

"아 개소리여. 아 좀."

경현이가 안달복달했다. 나는 적당히 놀렸다고 생각하고선 말해주었다.

"손만 잡아봤어. 스킨십 잘 안 해."

경현이가 안 믿었다.

"정말?"

"정말이야. 한 번 어쩌다 잡았어. 원래 손도 잘 안 잡어."

"그래?"

"잡아서 뭐해. 잡어서 비틀어? 뭐 그냥 얘기하는 것만 해도 괜찮아. 어리잖아. 얼마 전까지만 해도 중학생이었는데."

"뭐 그렇긴 해도. 일단 있으니까."

경현이는 부러운 티를 냈다.

"너도 한 명 사귀면 되잖아."

"너 존나 못된 거 알고 있냐?"

"아 미안, 농담이야. 알지?"

문예부에 대한 다른 녀석들 반응은 아 그러냐? 정도였다. 같이 해보자고 해봤지만 집에 가야한다는 대답이었다. 늦게 남다 보니 오히려 박재준이랑 보충반을 하는 다른 녀석들과 친해졌다. 최문성, 채주영, 김장현, 정만진, 나승범 등. 덕분에 보충반인 척하고 끼어 들어가 저녁을 얻어먹기도 했다. 저녁 식권 살 돈이 없기도 했고, 막상 내려니 아깝기도 한 탓이었다. 우리 때문에 보충반이 먹을 밥이나 반찬이 모자라면 가지 않을 테지만,

저녁밥이 모자란 경우는 없었다.

박재준은 '거기서 글 쓰면 잘 써져?' 라고 물었다. 우리는 아직 안 해봐서 모르겠다고 대답했다. 기술부인 한승경도 잠깐 왔었다. 나는 한승경에게 야 좀 도와줘, 했다. 그러나 한승경은 다시 가봐야 해 하면서 쌩 가버렸다.

보충반이랑 친해지다 보니 보충반 끝나는 시각에 맞춰 우리도 같이 나갔다. 학교 앞에서 같이 분식을 먹고 헤어졌다. 정말 의외로 박재준이 비래동 하굣길에 합세했다. 생각보다 말이 많은 녀석이었고 자존심이 강했으며, 상대를 진가를 인정할 줄도 알았다. 주로 역사에 대해 말했고, 구체적으로는 현대 전쟁사였다. 나보다는 경현이가 박재준의 말에 맞춰줄 만한 배경을 알았다. 박재준은 경현이랑 많이 얘기했는데, 경현이가 주로 물어보는 쪽이었다. 나도 관심이 가던 쪽이라 듣는 것이 지루하지만은 않았다.

박재준은 선화동에 살아 반대 방향으로 가야하지만 우리를 위해 기꺼이 종점까지 같이 가주었다. 내가 예전에 했던 창세전쟁 온라인을 하기도 해서 나랑도 말이 잘 통했다. 박재준은 우리에게 부럽다고 했다. 학교에서 우리에게 부럽다고 해준 유일한 녀석이었다.

한편 권구영네는 멀리서 문예부 이야기로 떠드는 걸 듣고는

"저 새끼 혼자서 존나 딸치겠네. 좋냐?"

라며 조롱했다.

경현이는 굳은 표정을 보여주지 않으려고 돌아섰다. 권구영이 시비조로 굴었다.

"저 새끼 표정 봤냐 방금? 씨발 새끼가. 니가 뭘 어떻게 할 건데, 좆도 없는 새끼가 센 척이야. 꼬우냐? 꼬우면 맞짱 한 번 뜨던지."

경현이는 권구영에게 눌려 눈을 피하고 고개를 숙였다. 패배한 듯한 표정을 지었다. 그러자 권구영이 병신 새끼 깝치긴, 하고는 자기네들끼리 웃었다. 경현이는 문예부실을 정리할 때 나온 그 얘기에 씨발 새끼, 라며 이를 물었다. 그러면서 "계속 이럴 수는 없어. 3년 내내 계속 가는 거니까. 기회가 생기면……." 이라고 말했다. 나는 들어주는 수밖에 없었다.

20

✳
◆
✖

월요일이 식목일이라 느긋함을 만끽했다. 화요일에는 인성적
성 검사를 했다. 금요일은 신체검사를 했다.

신체검사를 한다고 하루가 몽땅 바뀌지는 않았다. 여느 때처
럼 엄마가 겨우 깨워 아침 6시 40분 즈음에 일어난다. 차려진 밥
을 먹은 뒤 씻고 교복을 입고선 어젯밤에 챙긴 교과서와 준비물
을 다시 확인한 후 나선다. 대한통운까지 걸어가 아무도 타지 않
은 버스에 탄다. 문 쪽 맨 뒤에서 두 번째 자리이다. 사람이 아무
도 없는 버스를 탈 때면, 내가 버스를 혼자 쓰고 있다는 묘한 우
월감내지 정복감이 들었다. 그 때문인지 잠기운도 없었다.

1, 2교시에만 신체검사를 했다. 과학과 국어가 빠지니 반 분위
기가 좋았다. 나는 국어를 좋아해서 조금 아쉬웠지만 티 내지 않
았다. 우리 반은 같은 과인 10반과 함께 1교시가 되기 전에 운동
복으로 갈아입고선 1층 자동차과 교실로 갔다.

자동차과는 세 개 반이었다. 각 교실에 양호 선생님과 다른 몇몇 선생님들이 계셨고, 시력 검사판, 채혈 도구, 키를 재는 기구 등도 있었다. 순서는 번호대로였는데, 뒤 번호인 나는 기다려야 하기 때문에 귀찮았다. 우리반 32명을 16명씩 나누어서 검사했다.

신체검사를 두 시간이나 잡았지만 한 시간도 되지 않고 끝냈다. 의외로 긴장한 분위기로 신체검사를 진행했는데 교실로 들어가니 왁자지껄해져 옆 교실 선생님까지 오실 정도였다.

키, 몸무게, 시력, 가슴둘레, 채혈, 앉은 키 등등. 여드름을 재지 않아 다행이었다. 우리 반에 눈에 띄게 배 나온 녀석은 없었다. 후덕하다거나 몸집이 큰 녀석은 있지만 살이 쪘다기보다는 덩치에 가까웠다. 박재준이나 금성식 같은 녀석 말이다. 말하는 것을 들으니 초과 체중이라고 했지만 크게 걱정하지는 않아 보였다. 건강에 신경 쓰기에는 이르다고 여기는 듯했다.

내 키가 171이었고 경현이가 165였다. 다른 녀석들도 고만고만했다. 신체검사가 일찍 끝나 1교시나 더 놀 수 있음이 중요했다. 아무튼 옆 반 선생님이 오시기 전까지 우리는 계속 얘기했다. 우선은 반이 조용하기 때문에 우리도 작은 소리로 나눴다. 경현이가 슬금슬금 여기까지 와서 말했다.

"문예부에 놓을 책 가져왔는데."

"무슨 책?"

"집이 좁아서. 북유럽 신화, 이런 거. 토마스 불핀치 세트로 가져왔고— 좀 옛날 책이긴 한데. 장르를 판타지나 이런 걸로 쓴다면 도움 되지 않을까?"

"도움 되겠지. 세트가 몇 권인데?"

"세 권. 그리스 로마 신화랑 샤를마뉴, 또… 흑태자던가 원탁의 기사던가 잘 모르겠다."

"그래? 나도 봐도 되지? 빌리던가."

"되지, 빌려가."

다른 녀석들도 우리처럼 떠들었고 다른 자리에 앉은 몇몇 녀석도 이쪽으로 왔다. 경현이랑 나는 동떨어진 주제로 얘기했다.

"근데 나는 예스 앨범 프레질보다는 90125가 더 좋아."

"90125도 괜찮지. 그게 프로그레시브가 아니라고 욕먹어서 그렇지 나도 싫어하진 않아."

"좀 역시 프록락 느낌은 안 나는데, 괜찮긴 해. 막 집중해서 소름끼치는 정도로 치자면 프레질이 압도적이긴 한데. 그런데 같은 프로그레시브라고 해도 전위적인 느낌은 킹 크림슨이나 초기 핑크 플로이드가 더 강하지 않아?"

"아트락 느낌은 좀 클래식한 느낌인가? 뉴 트롤스나 이런 양반들."

"그렇다고 할 수 있지 않을까."

"아무튼 90125가 너무 대박을 치는 바람에 말이지. 존 앤더슨이 있어야 해. 릭 웨이크먼도 좋아. 원래 장르가 흥행이랑은 거리가 멀었는데, 핑크 플로이드 빼고."

생각해보면 어렸을 때부터 우리는 규정하고 정의내림을 좋아했다. 편 나누기를 무척 중요하게 생각했다. 나는 이런 녀석이다 저런 녀석이다, 저것은 이런 것이다 저런 것이다 하고.

장르, 두루뭉술한 꼬집어 말할 수 없는 느낌 등도 구분지어 패를 가르고 세목으로 쪼갠 뒤 또 가르려고 들었다. 그리고 내가 좋아하지 않으면 아니면 등 돌리고 깔아뭉개기도 했다. 지금도 그렇지는 않다. 예전에는 그게 중요하다고 생각했지만 지금은 대수롭지 않은 일들로 바뀌었다. 그래서 뭐 어쨌다고? 하는 태도. 겨울 방학을 거친 뒤에 나도 모르게 변한 모습이었다.

조금 안다고 아는 척하지 않는다. 더 알기 위해서 물어보는 편이 확실했다. 지금은 좋아하는 것에 돋보기를 들이대기로 바뀌었다. 만화로 치면 컷의 나눔, 인물의 구도, 전환, 이야기 전개 방식 등등 말이다. 작화는 개인적인 취향이니까 제쳐두자. 물론 재미있어서 빠져들면 다른 부분은 제쳐두고 이야기에만 집중한다.

김형인이 경현이에게 뜬금없이 말했다.

"세이버보다는 역시 토오사카 린이지. 걔는 그냥 밥순이고."

내가 웃으면서 태클 걸었다.

"닥쳐 좀, 끼어들어서 개소리야."

"근데 나스 키노코 잘 쓰는 편 아니냐? 누가 그런 걸 써. 진짜 천재인 것 같다."

요즘에 깨달았는데 임인균은 원래 까불었고 김형인은 친해지면 까불거리는 녀석이었다. 경현이 앞에서는 살짝 기가 죽어 있지만 한 번씩 까불거렸다. 경현이가 물었다.

"그럼 너도 그렇게 쓰고 싶은 거야?"

"돈 많이 벌고 좋잖아."

그 말을 듣더니 경현이도 한 마디 거들었다.

"나보고 그렇게 쓰라고 하면 그냥 글 접을라고."

이때 또 임인균이 끼어들었다.

"아 이래서 달빠가 문제라니까. 뭐든 고전이 중요한 거야, 모든 것은 다 고전의 모방이라니까, 그치?"

"넌 또 뭔 개소릴 하려고."

"고전이 중요하다는 거지, 투하트나 동급생 이런 거. 그런 의미에서 고전을 재해석하는 것도 의미가 있는데, 투하트2는 버리고 투하트3이 나와서 위원장을 접하고 싶다고."

"아 제발 좀 개소리 좀 하지 마. 접하고 싶은 게 아니라 '젖'하고 싶은 거잖아."

임인균이 발끈했다.

"아냐 위원장은 가슴뿐인 캐릭터가 아니라고! 토오사카 린이 쓰레기인 건 인정해."

김형인도 성량이 올라갔다.

"얘가 아직 작은 가슴의 미학을 모르네, 깐돌아."

"그런 미학은 마루치 하나면 다 안다구."

김형인과 임인균 사이에서 미소녀 연애 시뮬레이션 캐릭터들의 정의 논쟁이 불붙었다. 저 두 놈은 저게 중요하겠지. 나는 걔네들이 알아서 떠들도록 내버려두었다. 그 사이에 박재준도 경현이에게 와서 밀리터리에 관한 말을 꺼냈다.

"그러니까 스페인제 무기는 별 볼 일 없다는 거지?"

"스페인 내전은 대리전 양상이었고 자체 개발보다는 들여온 무기도 많았던 거지."

"프랑코 측도 그랬어?"

"그렇지. 둘 다 지원을 많이 받았으니까."

"아 그렇구나."

박재준과 경현이의 대화 사이에서도 끼어들 구석이 없었다.

나는 MP3로 90125 앨범을 틀어놓은 채 책상에 엎드렸다. 신남
규랑 변정진까지 합세했고, 상대랑 자기를 깎는 농담 따먹기로
이어졌다.

언제부터인가 반 전체가 왁자지껄했다. 임계점을 넘어버렸다.
갑자기 옆 반 선생님이 들이닥쳤다. 사회 선생님이었다.

"너네 신체검사 끝났니? 그렇다고 옆 반 수업하는데 이렇게
떠들면 안 되지. 반장 나와, 반장 누구야."

신나게 떠들던 권구영이 표정이 싹 굳어선 나왔다.

"네가 반장이니? 반장이 애들을 조용히 시켜야지 뭐 하는 거
야. 또 떠들면 담임 선생님한테 말할 테니까 그렇게 알고 있어."

그리곤 사회 선생님은 다시 옆 반으로 가셨다.

반은 조용해졌고 반장은 반에게 성질부렸다.

"씨발 새끼들 작작 떠들어야지."

그러나 반장도 공범이었고, 쪽수로도 밀렸기 때문에 성질부리
면서도 눈치를 봤다. 고개를 돌리고 다 들리는 소리로 혼잣말인
척 투덜거렸다.

사실 입을 열면 우리의 성량이나 옆 반 상황에 신경이 가지 않
는다. 원래 그런 걸 어쩌란 말인가. 반장은 경현이에게 화풀이를
하려고 힐끔 보았지만, 이미 타이밍이 지난 뒤였다. 반장은 시발

시발 골을 내며 자리에 앉았다. 방금 전까지 권구영이랑 같이 놀던 부반장 오승희가 반장에게 이죽거렸다.

"반장이 존나 불쌍하다니까. 내가 반장이 안 된 게 다행이지."

우리 반은 사회 선생님이 다녀간 이후로 잠깐 조용했다. 그러나 곧이어 소곤거렸고, 끝날 때 즈음엔 위험할 정도로 요란했다. 다행히 사회 선생님이 다시 오시지는 않았다.

3교시는 체육이었다. 우리는 다시 옷을 갈아입을 필요 없이 그대로 나갔다. 체육 선생님은 알아서 놀라고 하셨고, 우리는 그래왔던 대로 이곳저곳으로 흩어졌다. 경현이와 나는 슬쩍 빠졌다. 문예부 쪽으로 향했다. 문예부가 놀기에는 편하지만 들어가지는 않았다. 어차피 우리는 쉽게 버스를 탈 수 있음에도 굳이 종점까지 걸어가는 녀석들이다. 마찬가지 이유로 이야기를 나누며 문예부 뒤 언덕에 올랐다.

날이 쾌청했고 내려다보이는 대전도 맑았다. 언덕 뒤 오르막 좌우 벚꽃 나무들에서 벚꽃 잎이 돋을 채비를 했다. 우리는 오르막을 올라 벚나무들을 보고, 돌아서 다시 대전을 보았다. 몇 걸음만 올라갔을 뿐인데 훨씬 멀리 넓게 보였다. 경현이와 나는 잠깐 말없이 아래를 내려다보았다. 운동장은 본관에 가려 전부 보이지는 않았다.

"벚꽃 동산." 경현이가 말했다. "체홉."

"그래, 여기가 벚꽃 동산이네." 나는 맞장구쳐주었다.

"벚꽃 동산이 베이면 슬플 거야." 경현이는 아무 의미 없는 말을 했다.

"여긴 뭐하는 데일까?"

"글쎄. 잘 모르겠는데."

우리는 잠시 말이 없었다. 경치를 바라보다 경현이가 말했다.

"음. 작가. 작가가 되면 좋겠지?"

"좋지. 나쁠 게 있나?"

"내가 잘하는 건지 모르겠어. 그런 생각이 들어."

"음." 나는 경현이가 말하도록 내버려두었다.

"작가는 힘드니까. 내가 겪어본 건 아니지만, 그런 생각이 드는 거야. 먹고 살려면 다른 궁리도 같이 해야 하지 않나."

"그렇긴 하지."

"아무 것도 잘하는 게 없는 사람이 흔히 작가가 되기도 한다던데."

"누가 그러는데?"

"면도날이라고, 서머셋 모옴이. 내 얘기라."

"면도날 하나 사야되는데. 수염 나서."

경현이는 자꾸 물었다. 나를 생각지도 않은 엉뚱한 상황으로 두어보곤 내가 어떤 태도를 보일지 궁금해하는 듯했다. 겪어보지 않아 생각해본 적이 없고, 그래서 대답이 궁했다. 경현이는 가끔 이런 식이었다.

"공부를 하다 보면 이런 생각이 들어. 여기에 파묻히면 내가 이전의 내가 아닐 것 같은 느낌. 하면 하겠지만, 공부로 쏠려가면 이전의 날 잊어버리는 거야. 그런 생각이 들어서 불안해……너는?"

"난 잘 모르겠어."

"그게 간혹 무서워. 더 많은 걸 놓친다는 생각. 진짜 중요한 거를 놓친다는 생각. 그런 생각이 아니라면 난 더 열심히 공부를 하지 않을까, 그런 생각을 해봤어."

"그럴 수도 있겠지."

경현이는 화제를 돌렸다.

"글 쓰는 건 그래. 공부처럼 나를 놓친다는 맘이 들지 않아. 완전 반대로 날 놓지 않고 잡아주는 느낌. 나를 소중하게 감싸는. 만화도 비슷하지 않아? 그리는 것도 쉽지 않잖아? 어쩌면 글보다 더 많은 수고를 해야 하니까. 톤 붙이고 이것저것 한다고 하면."

"그렇지. 글 쓰는 것도. 나는 글 못 쓰겠어."

"하다보면 돼. 뭐 구상해놓은 거 있어?"

"그냥 생각만."

"뭔데?"

나는 가끔 생각했던 세계관과 빈틈이 많은 설정 몇 개를 이야기했다. 비극적인 판타지였다.

다른 녀석들은 독창에 목매어 새롭고 더 새로운 것을 끄집어내려 했지만, 나는 독창성이 없는 녀석인데다 하늘 아래 새로운 것은 없다고 생각했다. 내게 독창성은 창작자 그 자체였다. 우리가 새롭게 느끼는 이유는 다른 것을 경험해보지 못한 채 처음 접했기 때문이라고 생각했다. 무에서 유는 없으니, 유를 많이 접하고 더 나은 유를 만들어야 한다. 그래서 나는 좋은 이야기에 집중했다. 그럴싸한 이야기. 나는 경현이에게 생각했던 것을 들려주었다.

"성 주위로 동서남북의 작은 도시가 있어. 큰 도시와 연계되는 뭐 그런 거. 동쪽에는 큰 숲이 있고 주인공인 아들은 새아버지를 죽이려고 하지. 근데 결국 세계가 멸망 위기를 겪는데."

나는 경현이에게 즉흥적으로 내용을 덧붙여 설명했다. "그게 다른 대륙까지 위험해지게 하고 또 다른 이야기가 시작되지. 하늘에 살고 있는 엘프들이 있는데 조사하기 위해 땅에 내려와서 모험하는." 경현이의 반응이 의외로 괜찮았기 때문에 더 자신감을 가졌다.

"근데 왜 아직 안 그리는 거야?"

"길잖아 일단. 세부적인 이야기는 아직 안 만들었으니까."

"음." 경현이는 생각해보고는 자리에서 일어났다. "일단 다시 가자."

우리는 애들 눈에 띄지 않는 방향으로 내려갔다.

애들은 자기 이름이 어떤 한자로 되었나 얘기하는 중이었다. 한자의 뜻을 짓궂게 풀이했다.

"근데 균 들어가면 세균 같잖아."

"어릴 때는 이름가지고 별명 많이 지었지. 하필 호빵맨이 나오는 바람에. 호빵맨 개새끼가."

"그때는 호빵맨 말고 다른 거 봤는데. 파워레인저가 그때 나왔나?"

그렇게 해서 이야기는 파워레인저, 옛날 만화 이야기, 고스트 바둑왕을 통해 바둑 이야기까지 왔다. 어쩌다 우리랑 같이 있던 정만진이 자기가 바둑을 좀 안다고 말했다.

"아마 2단이야."

"와 대박이다."

"어렸을 때부터 했는데 지금은 안 해."

"바둑은 집 만들어서 점수 따는 것밖에 모르겠는데. 막 만화에서처럼 신의 한 수 두는 거야? 필살기?"

"그딴 게 어딨어."

한쪽은 바둑 얘기, 한쪽은 게임 이야기를 했다. 나는 아까처럼 MP3를 틀고는 드러누웠다. 경현이는 내 머리맡에 앉아 가만있었다.

게임 이야기를 하던 채주영이 내게 와서 이거저거 물었다. 보충반 끝나고 자주 만난 덕에 친해진 녀석이었다. 보충반 녀석들도 학교 끝나면 게임 하기는 마찬가지였다. 채주영은 내가 전에 했던 창세전쟁 온라인을 했는데 한지 얼마 되지 않았다.

"오늘 저녁에 들어올 수 있어? 쓸 만한 아이템 좀 있으면 주라."

"쇼거스의 가죽 있는데."

"쇼거스의 가죽? 그걸로 뭐 하는데?"

"프로비던스 쪽 퀘스트 아이템인데 그걸로 덱스터워드의 신발을 만들던가……"

"그거 좋은 거지?"

"좋지 그거. 가끔 고렙도 차고 다니는데. 중고렙이 많이 해."

"야 나 그것 좀 도와줘."

"아 봐서."

나는 그 말을 해놓곤 생각 없이 말했구나 싶었다.

채주영이 졸랐다. 해주기 귀찮았다. 시간, 돈, 소득 면면이 아까웠고 귀찮음이 가장 컸다. 게임 안에서의 욕심, 이를테면 랭커로 올라간다던가, 아이템, 레벨, 그 밖의 관심을 얻기 위한 모든 목표들이 깡그리 사라졌다. 결국 내가 하지 않기 때문이었다. 처음에는 아쉬웠지만 그것뿐이었다.

종남이에게 아이템을 몰아줄 때는 하나도 아쉽지 않았다. 어차피 돈이 되는 것은 진즉에 다 팔았으니까. 아마 팔지 않았어도 크게 아쉽지는 않았을 거다. 아무튼 게임 안에서의 했던 노력들이 그림 실력을 키워준다거나 문예부 만드는 데에 도움을 주지는 않으니까.

아이템의 경우에는 얻어도 기쁨이 오래가지 못했다. 좋은 아이템, 높은 레벨은 또 그만큼의 난이도에서 놀아야 하기 때문이다. 강력함이나 특이함을 자랑하기도 마찬가지였다. 게임에서 만난 사람들이 가장 아쉬웠는데, 결국 그 사람들은 너무 멀었다. 내 쪽에서 연락이 없으니 상대 쪽에도 없었다. 나를 그리워할까? 그럴지도 모르겠다. 하지만 나는 알 수 없으니까. 어린 나이에 깨달은 인간관계의 씁쓸함이랄까, 그런 걸지도 모르겠다.

채주영에게 둘러댈 말이 없어 결국 조금 도와주겠다고 했다. 나중에 문예부 끝나고 닭꼬치나 하나 사라고 했다. 채주영은 고맙다고 했고, 그 모습을 보자니 게임에서 조금 더 도와줄까 하는 생각도 들었다.

체육 시간이 끝났다. 영어 시간이었고 그 다음은 점심시간이었다. 체육 시간이 끝날 때마다 체육 시간과 영어 시간이 바뀌었으면 바랐다. 체육 시간은 평소보다 5분정도 일찍 끝내주시기 때문에 기다릴 필요 없이 점심식사를 먹기 때문이었다. 그리고 교복보다는 추리닝이 편하고 우리 반보다는 운동장이 가깝기도 하니까.

반으로 돌아가서 교복을 갈아입었다. 한 것도 없는데 피곤해져서 쉬었다. 영어 선생님이 들어왔다. 원어민 강사가 없는 날이었다.

영어 수업이 끝난 뒤에는 아까 체육 시간 때 함께 한 녀석들과 뭉쳐 급식실로 갔다. 우리는 줄을 통제하는 학생부 영어 선생님의 눈치를 보면서 들어갔다. 학생증으로 바코드를 찍고 급식실 입구를 통과했다. 급식실 공익 표정은 언제나 뚱했다. 학생증을 깜빡하는 경우에는 학번을 불러 따로 입력해야 했는데 다행히 우리 쪽에 그런 녀석은 없었다.

밥은 현미밥이었고 소고기뭇국에 배추김치, 청경채 무침, 중심은 생선 튀김에 머스터드 소스였다. 좋은 반응이 나오지 않았다.

원래 같이 앉던 녀석들—박재준, 김형인, 금성식, 임인균, 경현이와 나—에 요령인지 어디든 잘 붙어 노는 정만진, 원래 게임

이야기를 좋아하는 송윤중과 장주원. 보충반이면서도 마찬가지로 게임을 좋아하는 채주영, 최문성까지 나란히 앉았다.

앉고 보니 이쪽에서 저쪽까지 줄이 길었다. 다른 패들은 한 칸 띄어 앉거나 옆 테이블에 앉았다. 밥 먹을 때는 순간 조용했다. 송윤중과 임인균이 생선을 싫어해서 나를 포함한 다른 녀석들이 얻어먹었다. 우리들 사이에는 게임에서 따와 유니크 반찬이라고 부르는 정말 맛있는 반찬은 없어서 더 먹자는 이야기는 나오지 않았다. 송윤중과 임인균 둘은 반찬이 궁해서인지 밥을 절반도 먹지 않았다. 오늘은 잔반통에 잔반이 많았다.

반으로 돌아올 때는 한자리에 앉았던 애들이 서넛씩 나뉘어 갔다. 반에 도착하면 둘 중 하나이다. 움직이거나 움직이지 않는. 경현이는 도서실 관리 때문에 조용히 사라졌다. 반에 애들이 없었지만 이곳저곳 나도는 녀석들 때문에 그래도 어수선했다. 나는 기척 없이 문예부로 갔다.

문예부 복도 자물쇠가 열려 있었다. 국사 선생님 방 불도 켜 있었다. 나는 문소리가 안 들리게 조심스럽게 문예부로 들어갔다. 모로 누워 MP3 화면을 보며 남은 점심시간을 만끽했다. 아까 먹은 점심을 뱃속에서 소화시키는 상황을 즐겼다. 여유로웠다. 그리고는 양팔을 베고 바로 누웠다. 빛바랜 천장의 의미 없는 물결을 보았다. 문예부는 러브하우스까지는 아니지만 꽤 깔끔한 곳으로 바뀌었다. 도배를 해볼까. 아니다, 차라리 포스터나 액자를…… 나는 잠들었다.

"야 가야 돼, 점심시간 끝나가."

나는 경현이 목소리를 듣곤 놀라 벌떡 깼다.

"몇 시야?"

"5분 남았어. 다음이 기초 제도 시간이라고."

기초제도 시간은 실습동에서 하는 수업이었고 필기구, 자, 컴퍼스, 각도기 이것저것 챙겨 가야 했다.

"얼른 가자."

우리는 국사 선생님이 계시는지 확인하고 문예부 복도 자물쇠를 잠갔다. 교실까지 뛰어갔다. 우리는 서둘러 준비물을 챙기고 다시 실습동으로 뛰었다. 주번인 박기환이 문 잠그는 중이었는데 우리를 보더니 열쇠를 건네주고는 자기 먼저 가버렸다.

"근데 내가 문예부에 있는 거 어떻게 알았어?"

"아무 데도 없길래 알았지. 여자 친구한테 문자왔어 그리고."

경현이 핸드폰을 확인하니 '부모님이 너 만나보고 싶대'라는 문자였다. 죄 짓고 살지 않았지만 혹시 하는 마음에 남은 죄를 긁어 모아보는 기분이었다. 경현이가 물었다.

"뭐라는데?"

"여자 친구 부모님이 보자는데, 일단 나중에 얘기하자."

너의 어제를 노래하며

우리가 도착하자마자 제도 선생님이 들어오셨고, 경현이랑 나는 눈짓으로 다행이라는 신호를 보냈다.

기초 제도 선생님은 수업 전에 준비물을 챙겨왔는지 검사했다. 챙겨오지 모한 강전웅과 안정연이 앞으로 나왔고 회초리로 손바닥을 맞은 뒤 다음에는 가져오라는 주의를 듣고 다시 자리로 들어갔다.

기초 제도 선생님은 우리 앞에 미리 놓인 모눈종이에다 책 68페이지에 나온 원형과 입방체, 원뿔과 필통 하나를 따라 그리라고 하셨다.

축척을 계산해야 해서 약간 복잡했다. 계산 빼고는 크게 어렵지 않았다. 그림 그리기야 매일 하니까. 거기다 컴퍼스랑 자를 꺼내면 내가 그린 게 맞나 싶을 정도로 선이 너무 반듯해 베일 거 같았다. 하지만 다른 녀석들은 기계가 아니었다. 어딘가 선이 비뚤었고 원도 한 구석이 튀어나오거나 들어가 어색한 동그라미였다.

나는 일찌감치 다 그려 선생님께 칭찬을 들었다. 다른 짓을 하면서 쉬고 싶었지만 도와달라는 녀석들에게 가서 조금씩 도와주었다. 그래도 우리 반은 전공제도 수업 덕분에 진도가 수월한 편이었다. 이 모눈종이들은 매 시간 끝난 뒤 제출해야 하기 때문에 늦으면 낭패였다. 수행평가 자료이기 때문이기도 했지만 제출 자체에 대한 부담, 시간제한, 개인의 완벽주의로 나를 찾았다.

나는 급하지 않으니 여유를 부리며 도왔다. 심보가 뒤틀렸다면 잘난 척으로 들릴지도 모를 조언도 했다. 물론 나쁘게 듣지는 않을 것이다. 나도 나쁜 의도가 없었으니까.

수업이 끝날 즈음에 모눈종이를 제출해야 했고 못 한 사람은 쉬는 시간 중에라도 마쳐서 내야 했다. 나는 쉬는 시간에도 도와달라고 통사정하는 녀석들을 도와주었다. 다른 끝난 녀석들도 자기랑 친한 녀석들을 도와주었는데 결국 쉬는 시간 이내에 전부 제출했다.

한쪽에서는 떠드느라 정신없었다. 게임 얘기에 주말 계획 얘기, 축구 이야기 이것저것 떠들었다. 학교는 공부하는 곳이 아니라 떠들러 가는 곳이 아닐까 하는 생각이 들었다. 긱스가 뭘 했고 앙리가 아스널에서 이러쿵저러쿵. 전혀 알 수 없는 말들이었다. 경현이가 다가와 다시 물었다.

"왜 보자는 거야 걔네 부모님이 왜."

"나도 잘 모르겠어. 그냥 한 번 보려고 하시는 건가? 핸드폰 좀 빌려줘 봐, 문자로 물어보게."

경현이는 핸드폰을 빌려주었다. 나는 문자로 이유를 물었다. 다시 수업 시간이었다. 우리 둘은 제자리로 돌아갔다. 궁금하긴 했지만 오늘은 금요일이었고 금요일은 좋은 날이었다. 더군다나 이번 주는 주5일제였다.

마지막 수업도 방금 전과 같았다. 먼저 끝난 사람이 도와주고,

결국 시간 안에 모두가 다 마치는 아름다운 마무리. 집에 갈 생각에 나를 포함해서 다들 들뜬 상태였다. 기초 제도 선생님도 웅성웅성한 학생들을 독려하며 일찍 끝내고 가자고 하셨다.

기초 제도 수업을 마치고 교실로 돌아가 종례를 받았다. 들뜬 분위기가 가라앉지 않았다. 담임 선생님은 집에 가기 싫으면 계속 떠들라고 하시고는 가만히 계셨다. 점차 떠드는 소리가 줄어 결국에는 조용해졌다. 담임 선생님은 청소와 당번만 짚으시곤 마쳐주셨다. 청소도 당번도 아닌 경현이와 나는 바로 문예부로 갔다. 핸드폰에는 채연이의 문자가 도착해 있었다.

"뭐라는데?"

"그냥 한 번 보고 싶으시대. 별 이유는 없는 것 같아."

"희한하네."

"그러게."

문예부에 왔다고 들뜬 마음이 가라앉진 않았다. 차마 먼저 나가자는 말도 나오지 않았다. 경현이도 마찬가지인 듯 보였다. 이런 기분으로 도저히 창작 의욕이 생길 리 없었다. 나가고 싶었지만 있어야 한다는 마음도 간절했다. 나는 다른 제안을 했다.

"만화책 빌려올까?"

"돈은 있어?"

"긁어모아야지."

"아 모르겠다." 경현이는 고민했다. "보자 그러면. 잠깐만. 5천 원 있다, 차비 충전할 거."

"야 많네."

"차비 충전해야지. 아 어쩌지."

"오늘만 걸어가자. 어차피 가는 길은 같잖아. 맨날 걸어 비래 동까지 가는데. 내가 같이 갈 테니까."

나는 경현이를 유혹했다.

"너는 얼마 있는데?"

"천원 있어. 요 앞에 빌리는 데 2백 원이니까, 다섯 권씩 열권만 보면 되겠네."

"아 시발." 경현이는 앓는 소리를 냈다. "가서 빌리자, 아 시발 모르겠다."

우리는 각자 가방을 챙기고 안에 계시는 국사선생님 눈치를 보며 나왔다.

학교 정류장 맞은편 대여점에서 우리가 고른 책은 딸기 100% 이었다. 별것도 아닌 주인공 놈이 예쁜 여학생들에게 둘러싸여 인기를 누리는 전형적인 하렘물, 말도 안 되는 비현실, 보는 내가 더 안타까워 애닳고 화를 내게 되는 만화였다.

경현이가 돈을 더 써 딸기 100%를 모조리 빌려 가방에 넣고 문예부로 돌아왔다. 바닥이 차가워 채연이가 준 무릎 담요를 바닥에 깔고 엎드려 읽었다. 경현이가 돈을 더 냈기 때문에 먼저 읽었고 내가 그 다음 권을 받아 읽었다. 우리는 그야말로 맹렬하게, 거침없이, 단숨에 읽어나갔다. 우리는 주인공 녀석의 우유부단함과 모자란 모습에 공감하며 푹 빠졌다.

먼저 보는 경현이가 간혹 소리 질렀다.

"아, 아 안 돼. 아 시발 주인공 병신 개새끼."

"아 좀 가만히 보라고, 존나 궁금해지잖아."

"아 주인공 아 존나 고백 받을 타이밍인데."

"아 좀 가만히 있으라고, 나도 봐야 되잖아."

주말 때문에 들떠서인지 감상도 격했다. 우리는 작은 설전을 벌여가며 읽었고, 보충반 끝날 시간이 될 때까지 또 읽었다. 저녁 식사 시간이 지나간 지도 몰랐다. 어느새 보충반 녀석들이 와서 같이 나갔다. 밤이었다.

경현이가 말했다.

"주인공 아 씨발 속옷 존나 많이 보고. 존나 말도 안 되는 이야기여. 아야랑 잘 돼야 하는데."

"뭔 아야여, 츠카사가 더 이쁘잖어."

"야, 아야가 히로인이잖아. 츠카사는 그냥 비중 있는 조연이라니까?"

"아냐아냐 이제 히로인의 공식이 깨질 때가 왔어."

"야, 작가 캐릭터잖아. 모름지기 응? 문학소녀. 상상의 소녀. 어차피 대리만족 만화니까 만족을 시켜줘야지."

"아 글쎄 너만을 위한 캐릭터가 아니잖아. 딱 봐, 츠카사는 모두를 위한 캐릭터라니까."

"근데 너도 츠카사 좋아하니까 그러는 거잖아."

"아 그건." 나는 말문이 막혔다. "아 씨발, 어쨌든 만화를 그리는 사람으로 감이 온다니까."

"난 글을 쓴다고."

우리 둘의 논쟁에 딸기 100%를 다 본 보충반 녀석들까지 끼어 개싸움 양상이었다. 최문성이 조심스럽게 다른 의견을 꺼내 들었다.

"사츠키도 이쁘잖아. 가슴도 가장 크다니까. 사츠키랑도 가능성 있어."

"아니야, 사츠키 같은 캐릭터는 안 돼. 전통이야 이건."

"그렇지 전통이야. 말하자면 변방이지. 오랑캐는 어쩔 수 없는 거야. 안타깝지만 현실이 그래."

우리 둘은 공동의 적을 무찌른 다음 다시 설전을 벌였다. 일본

판을 먼저 보고 보지 못한 내용을 말해주려는 녀석은 우리 둘이 동시에 윽박질러 말을 막았다. 보충반 애들이랑 헤어지고 비래동으로 가는 내내 계속 설전했다.

같은 장르의 작품들이 줄줄이 나왔고, 공박하기 위한 모든 카드를 꺼내 들었다. 우리는 중간중간마다 이런 상황에 처한 주인공 빼먹지 않고 욕했다. 마나카 개새끼. 우리는 그 개새끼 주인공을 위해서 어느 캐릭터랑 이어져야 좋은가 싸웠다. 한심한 형국이었다. 생각해보면 여자가 아까운 놈이었지만, 우리가 이미 푹 빠졌기 때문에 어쩔 수 없었다. 그런 놈은 그냥 고자로 살아야 돼, 경현이가 중간에 말했지만 다시 어느 히로인이 가장 좋을지 넘어갔다. 비래동 종점 즈음에야 논쟁이 가라앉았다. 잠시 묻어두기로 했다.

"어쨌든 우리한테는 그런 일 따위 일어나지 않겠지?"

내가 대답했다.

"우린 남고잖아. 그리고 공고고."

그러면서 나는 묘한 웃음을 흘렸다. 내 진의를 알아챈 경현이가 배신당한 것처럼 말했다.

"넌, 그래, 여자 친구가 있잖아. 넌 존나 못된 놈이야."

"에이 만화랑 현실이랑 다르지."

"넌 존나 못됐어."

버스비를 만화책 빌리는 데 다 써버렸기 때문에 비래동 종점
을 지나 계속 걸었다. 얘기하며 걸어가는 내내 신났다. 중리동
쪽에 가서 경현이랑 헤어지고 혼자 집에 갔다.

혼자 걸으며 이것저것 생각했고, 집에 도착해서는 학교에서의
일을 모두 잊어버렸다. 도착하니 9시가 넘은 시각이었다. 가방
을 던져두고 옷을 갈아입었다. 컴퓨터를 하는 동생에게는 있다
가 형이 쓸 거라고 말해두었다.

엄마가 저녁 먹었냐고 물었다. 나는 먹었다고 대답할까 하다
가 출출해져서 아직 안 먹었다고 했다. 뭘 좀 먹지 하시며 라면
이라도 끓여줄까 물으셨다. 끓여달라고 했더니 금방 라면을 끓
여주셨다. 저녁을 먹은 동생 몫까지 해주셨고, 예상대로 라면 냄
새를 맡은 동생은 컴퓨터 자리에서 비켜 같이 라면을 먹었다. 먹
은 뒤 나는 한 시간 동안 컴퓨터를 하며 음악들을 찾아다녔고 다
른 사이트들도 둘러보았다. 컴퓨터를 한 뒤엔 늦게 오신 아버지
랑 같이 TV를 봤다. 12시쯤 되어가자 아버지가 이제 들어가서
자라고 하셨다. 나는 내 방으로 들어가 책상에 앉아 뭘 할까 잠
깐 고민하다 침대에 누워버렸다. 딸기 100%의 주인공이 부럽
다, 부럽다, 생각하며 잠들었다.

너의 어제를 노래하며

21

❋
◆
✖

2주 후면 중간고사였다. 채연이 부모님은 중간고사를 마친 뒤 보자고 미루셨다.

중간고사는 4월 마지막 월화수요일이었다. 중간고사 시험 일정은 이랬다.

월요일 - 사회, 미술, 기초제도, 과학

화요일 - 도덕, 수학, 공업, 정보

수요일 - 정보, 국어, 체육, 전공제도

고등학교에서 겪는 첫 시험이었다. 첫 점수가 대체로 쭉 간다 며 선생님들이 강조하는데, 알게 모르게 신경이 쓰여 긴장감이 돌았다.

중간고사가 다가오자 선생님들은 진행과 범위에서 힌트까지 여러 말씀을 해주셨다. 공부를 하는 녀석이든 아닌 녀석이든 집중했다. 시험과 연관 없을 때는 평소와 분위기가 크게 다르지 않았지만 그 와중에도 중간고사에 대한 신경을 놓지 않았다. 자기가 정리한 내용, 다른 반 선생님의 정보 등등. 실업계라고 해서 시험 기간까지 막가지는 않았다.

내 경우에는 감이 잡히지 않았다. 중학교 때 시험 기간은 일찍 집에 가서 좋은 날이었다. 시험 공부를 하는 녀석과 안 하는 녀석의 구분이 확실했다. 나는 안 하는 녀석이었고, 할 줄도 몰랐다. 고등학교에 와서는 달라졌다. 모이는 무리에 김한준처럼 잘하던 녀석이 와서 그렇기도 했지만, 세간에서 내린 공고의 정의, '공부 안 하는 놈들(못 하는 것을 포함해서)'에 대해 당사자가 되니 마냥 노는 분위기는 아님을 느꼈기 때문이다.

그래서 안 하는 놈들은 끝까지 하지 않았나? 아니다. 이제 나름의 바닥을 쳤으니, 다시 올라와야겠다는 마음이었다. 아니면, 다른 녀석들은 안 할지도 모르니 내가 잘하면…… 이라는 심보도 끼었다. 다들 그런 생각들을 할 테지만 말이다.

그런데 방법을 잘 몰라 문제였다. 경현이도 마찬가지였다. 우리는 일단 해보는 데까지 해보기로 했다. 기본 멤버인 김형인과 김한준, 임인균도 모였다. 겉도는 듯한 금성식도 같이 했다.

"일단은 시험 범위까지 싹 정리해볼게. 그 다음에 다른 얘기들이 들리면 거기에 맞춰서 구체적으로 줄여나가고. 국어는 내가 좀 하니까. 대충 이렇게 하는 게 맞겠지?"

경현이가 말했다. 이번에는 김한준이 나섰다.

"선생님이 짚어주는 거 모두 기록해놔. 서로 엇갈리는 게 있을지도 모르니까 체크를 해봐야 돼. 그리고 혼자서 다 하는 건 무리니까 과목을 나누자. 자신 있는 거나 좋아하는 거를 맡아서 하고."

"나는 뭐 자신 있는지 모르겠는데……."

나는 웅얼거렸다. 김한준이 독려해주었다.

"그래도 같이 하는 거니 잘될 거야."

나는 고개를 끄덕였다. 김한준이 말했다.

"시험 문제 같은 거 짚어주면 놓치지 말고."

"공부하는 건 우리 집에서 하던지."

금성식이 말했다. "우리 집에서 할 만할 거야. 사람도 얼마 없고."

"그러든지. 경현아, 너는 뭐 할 건데? 두세 개 정도 잡아봐. 과목이 열두 개고 우리가 지금 여섯 명이니까."

"국어랑 도덕 정도. 사회도 할 수 있을 것 같아."

"태인이 너는?"

국영수 이런 과목들은 중요한 과목이다 보니 공업이나 정보

과목 보다는 더 많이 신경써야 했다. 범위가 더 넓거나 파고들어 나올지 모른다. 혼자 하기에도 쉽지 않은데 동시에 자신의 정리로 다른 녀석들 공부까지 도와줘야 하니 부담이었다. 이것도 부담을 얼마나 맡을지에 대한 눈치 싸움이었다. 하지만 나는 우선 생각 그대로를 말했다.

"나도 국어는 좋아하는데 아무래도 경현이가 더 잘 알 것 같아. 글도 쓰니까. 나는 미술하고 제도 두 개다. 사회까지 할 수도 있어."

김형인은 과학과 공업을 말했고, 임인균은 음악과 정보를 말했다. 영어도 가능하다고 했다. 한준이는 금성식에게 물었다.

"너는?"

"나는 잘 모르니까 체육 하나만 할게."

나머지 애들이 벙쪘다. 김한준은 개의치 않았다.

"내가 수학 영어 할게. 경현이랑 태인이는 사회 할 수 있으면 같이 해봐. 해보고 다시 맞춰보는 편이 공부에 편하니까. 인균이 너도 영어 해보고 나랑 맞춰보면 되고. 그러면 되겠지?"

다른 애들이 별말 없이 동의했다.

"이번 주에 알려주는 거 해보고 다음 주에 알려주면 업데이트 해보고 그러자고. 금요일이나 주말에 한 번씩 정리한 거 나눠보고."

"그러자."

"오케이 오케이."

"어얼…… 갑자기 김한준 존나 멋있게 보여."

애들이 장난조로 감탄했다.

"역시 수석. 이야아."

김한준이 손사래 쳤다.

"아 그런 거 아녀. 일단 시험공부 하자."

나는 수업 시간에 알려준 시험 범위 안에서 중요하다고 생각하는 부분과 선생님이 나온다고 한 부분, 암시를 준 부분을 정리했다.

난생 처음 하는 정리라 막막하고 자신 없었다. 이것도 중요하고 저것도 중요해서 굉장히 많이 적었다. 경현이도 비슷했지만 나만큼은 아니었다. 이게 맞나? 정말 공부량은 안녕인가? 선생님들은 간혹 수준별 등급을 나누기 위해 문제의 난이도를 조정하는 고충을 말했다. 교육 제도가 허용하는 안에서 최대한 평균을 올리려는 목표였다. 또 간혹 몇 분은 그러면서 거저 퍼준다며 몇 가지 알려주셨다. 그렇다고 내가 거저먹을지 아닐지는 모른다.

문예부에서는 창작의 비중을 줄이고 시험공부를 정리했다. 시험에 대비해 사놓은 연습장이 점차 빼곡해졌다. 다른 녀석들 몇 명은 포기했네, 신경 안 쓴다네 했다. 그래서 과연 포기한 시험 점수가 나올까. 두고 보기로 했다. 시험기간이 되자 우리 반은 웅성임이 줄었다.

금요일에는 문예부에 모여서 정리한 내용을 보며 적기로 했고 토요일에는 금요일 날 혹여 못 한 부분을 마무리하기로 했다. 장소는 자양동 쪽의 금성식네였다.

금요일이 되자 우리는 학교 끝나고 문예부에서 모였다. 국사 선생님 눈치를 보며 문예부로 들어갔다. 김한준이 둘러보며 물었다.

"이거 다 너네가 한 거야?"

"우리가 다 정리하고 청소하고 다 했지."

"괜찮네."

한낮이어도 햇빛이 들지 않아 문예부는 종일 서늘했다. 해가 지면 추웠다. 나는 변압기를 켜고 온열기를 하로 맞추었다. 더 높이 올리면 변압기 한도를 넘어서기 때문에 작동을 멈추었다. 애들에게 하로 맞춘 이유를 말하자 임인균이 제안했다.

"저거보다는 전기장판이 좋지 않을까? 냉기가 바닥에서 올라오니까."

"그러네. 야 너 천재다."

김형인이 물었다.

"우리는 어디서 공부해?"

경현이가 말했다.

"의자 가져오면 복잡하니까 바닥에서 해야지."

다른 애들이 고분고분 따랐다. 나랑 경현이는 무릎 담요를 바닥에 깔고 하라고 애들에게 주었다.

우리들은 그간 정리한 내용을 꺼내어 서로 보여주며 베꼈다. 정리 공책을 한 권으로 몰아버린 녀석들이 대부분이라 한 녀석이 풀면 다른 한 녀석이 놀았다. 다 같이 모여 집중해서 공부하는 일이 쉽지 않았다.

베껴 적는 녀석들은 산만한 가운데 적었고, 나머지 녀석들은 한창 유행하는 프라이드 격투를 따라했다. 금성식이랑 임인균이 붙었고 경현이는 김한준에게 자리를 양보하곤 책상에 기대 호주머니에 손을 넣고 둘을 구경했다. 금성식이 몇 체급 위인지라 자세도 여유로웠다.

"컴온, 깐돌아."

금성식은 파이팅 포즈를 취하며 임인균을 도발했다. 임인균은 대놓고 불리한 게임이라 내켜하지 않았다. 금성식이 슬쩍슬쩍 건드렸다. 약이 올랐는지 임인균도 자세를 잡았다. 둘은 힘을 뺀 채 주먹을 주고받았다. 금성식의 표정은 콧기름을 바른 이소룡의 표정이었다. 도저히 정리에 집중하기가 어려웠다.

"아 병신아 니킥 날리지 말라고."

"살살하잖아."

임인균은 무에타이 비슷하게 무릎을 번갈아 들었다.

"나는 효도르 너는 크로캅."

"크로캅이 무슨 무릎을 들어."

금성식이 로우킥을 하며 얼굴 쪽으로 손을 휘둘렀다. 임인균이 피했다. 왔다 갔다 하는 두 사람에게 김한준이 말했다.

"아 쫌 가만이서 하든지. 존나 산만하잖여."

"알았어, 이 깐돌이만 쫌."

임인균도 그만하자고 했지만 듣지 않았다. 금성식은 전에 없이 눈을 번뜩이며 무의미한 대련을 즐겼다. 금성식은 점점 더 주먹에 힘을 넣었고 임인균도 마지못해 힘을 주었다.

그러다 어느 한 순간, 치고 빠지는 둘의 타이밍이 엇갈려 가까워졌다. 금성식이 적당한 세기로 오른 주먹을 날렸다. 임인균이 주먹을 막으며 니킥을 날렸다. 금성식이 왼손으로 막으려다 비껴 막았다.

"아!"

금성식의 왼손 엄지가 손등 쪽으로 많이 꺾여버렸다. 우리는 금성식에게 모였다.

"뭐여 뭔 일인데."

"니킥을 잘못 막아서."

금성식이 끙끙댔다.

"병원을 가야지 일단, 야, 문 닫기 전에 얼른."

다 같이 가야하나 우왕좌왕하는데 경현이가

"일단 너네는 오늘 할 거 해놔. 어차피 내일 또 보니까 그때 바꿔서 하든지 하자." 라고 말해서 그러기로 했다. 경현이랑 금성식, 임인균은 가방을 챙겨들고 먼저 나갔다. 나와 김한준, 김형인은 싸한 분위기에 저녁까지 베껴 적었다. 중간에 경현이에게 연락 오기를, 금성식 왼손 엄지손가락 인대가 늘어났다고 했다. 몇 주간은 깁스를 해야 한다고 전해주었다.

"병신들 그러니까 적당히 해야지."

연락을 받은 김한준의 말을 듣고 내가 말했다.

밥시간이 되니 금성식 일은 금성식 일이었고 우선 배가 고팠다. 우리 셋은 보충반 식사 때 꼽사리 껴서 먹기로 했다. 김형인이 걱정했지만, 다 먹고 살자고 하는 거니 이해해줄 거라는 내 말에 따라 나왔다.

우리는 급식실 입구에서 우리 반 보충반 멤버들을 만났다. 최문성이 뭐야 너네는, 이라며 의아해했다.

"에이."

나는 다 알면서 왜 그러냐고, 공짜 손님들인 거 티 내지 말아 달라는 뜻으로 사근사근 굴었다. 별로 친하지 않은 김장현이 태클 걸었다.

"야 너네도 돈 내야지."

"아 진짜 존나 배고파서 그래. 우리 사이에 이러지 말자."

"우리 사이가 뭔 사인데."

"아— 그렇고 그런 사이잖아, 응?"

그때 박재준이 물었다.

"근데 왜 너네만 있는 거야? 항상 경현이랑 있잖아. 어디 간겨."

우리는 아까 벌어진 일을 얘기해주었다. 보충반 녀석들이 동정과 한심을 보였다.

"적당히 해야지 그러니까."

"내 말이. 존나 말 그대로 병신 된 거 아녀."

그러면서 우리는 은근슬쩍 보충반 녀석들이랑 급식실 안으로 들어갔다. 박재준이야 같이 다니면서 친해졌고 나머지 녀석들도 괜찮았는데 김장현이랑 나승범이 불안했다. 둘은 친하지 않기 때문이었다. 채주영은 노는 애들하고도 잘 어울렸기 때문에 그쪽에게 생각 없이 우리 얘기를 꺼낼 수도 있었다. 책잡히면 곤란했지만 믿기로 했다.

아무튼 보충반이나 우리 반이나 공짜 밥 얘기가 퍼지면 좋을 게 없었다. 보충반에서는 우리 같은 녀석들을 잡기 위해 단속할지 몰랐고, 교실에서는 다른 녀석들, 특히 권구영 쪽에서 잡고 늘어질지 몰랐다. 특히 오지도 않은 경현이가 위험해질 수도 있었다.

저녁은 맛있었고 다행히 우리 때문에 반찬이 모자라지도 않았다. 저녁을 먹고 다 함께 떠들다 각자의 가야 할 곳으로 갔다. 우리 셋은 문예부에서 나머지를 베꼈다. 보충반이 갈 즈음에 맞춰 끝냈다. 그 사이에 국사 선생님이 나가셨고, 소리 때문에 분위기가 깨져 다 같이 본관 화장실에 다녀왔다. 김형인이 투덜거렸다.

"금성식 정리 제대로 한 것도 없어. 많은 것도 아닌데."

"임인균도 음악은 좀 부족한 것 같던데."

내가 말했다.

"뭐 어차피 일주일 남았고 아마 더 알려줄 거야. 보충해야지."

김한준의 말에 우리는 고개를 끄덕였다. 내가 물었다.

"근데 임인균 글씨 알아보겠어? 존나 해독하는 것도 아니고 뭐여 그게."

"그냥 의미로 맞춰보는 거지."

"근데 내가 정리한 것들은 어때? 괜찮아?"

"그 정도면 괜찮아. 좀 많긴 한데, 잘한 편이야."

"괜찮던데?"

나는 안심했다. 이런 식으로 공부를 하면 된다.

우리는 밤까지 공부했다. 보충반이 끝날 즈음에 마쳤고, 같이 나갔다. 교문 앞에서 헤어졌다. 나랑 박재준은 경현이가 없었지만 그래도 같이 걸어가기로 했다. 평소에는 무뚝뚝한 인상이었지만 나랑 경현이에게는 그러지 않았다.

"보충반 공부는 잘 돼?"

"뭐 공부하라고 만든 반이니까 잘 되지."

"와…… 그럼 선생님들도 따로 알려주고 그런 거 있어?"

"음." 박재준이 멈칫했다. "그렇지. 많진 않고 한둘? 그보다는 다른 과 애들하고 나눠서 얻는 게 더 많아. ―알려줄까? 근데 너랑 경현이만 알아야 돼."

나는 반색했다.

"알려주면 나야 고맙지."

"그럼 알려줄게. 너네는 잘 돼가?"

"우리 뭐 그럭저럭 해. 근데," 나는 망설였다. "만약에 알려주면 같이 공부하는 애들한테는 말할 것 같아. 뭐 그래서 안 알려줘도 상관없어."

박재준은 괜찮다고 했다.

"그러면 너네끼리만 알고 있어. 다른 데 말 나오면 일이 꼬이니까."

"그래그래 그렇게. 존나 고마워."

우리는 그 뒤 게임 얘기를 했다. 버스를 탈 때 즈음에 박재준이 가방에서 자기 정리 공책을 꺼내주었다.

"나는 오늘 게임 할게. 퀘 못 깬 거 하나 좀 깨고. 집에서 적고 알아서 보충해서 오든지 해."

나는 감동한 듯 말했다.

"야 너 짱이야. 진짜 최고."

"뭘…… 소문내지만 말고."

"알았어 알았어."

박재준과 나는 헤어졌다. 집에서 박재준의 공책을 펼쳤다. 큰 틀은 우리랑 많이 다르지 않았지만 확실히 부족한 부분이 보강된 채였다. 나는 집에서 나머지를 보충했고, 인생의 한 페이지를 작성했다. 오늘 하루 종일 공부했음을 뒤늦게 깨달았다. 할 때는 몰랐는데 막상 하고 나서 잘 때가 되니 스스로가 굉장했다. 자주 느끼지 못한, 하루가 꽉 찬 느낌이었다.

다음 날 토요일에는 눈에 안 띄게 박재준에게 공책을 돌려주었다. 이럴 줄 알았으면 아이템 좀 남겨놓을걸, 너 주게, 했지만 박재준은 괜찮다고 하며 대수롭지 않게 넘어갔다.

수업이 끝나고 우리는 청소하는 녀석들이 끝날 때까지 기다렸다가 같이 갔다. 깁스한 금성식의 왼손 엄지가 부담스러웠지만 본인이 괜찮다며 고집을 부려 우리를 끌고 갔다. 금성식 집은 학교 근처 자양동 빌라였다. 외아들이어서 부모님만 계셨다. 부모님 두 분은 우리들을 반겨주셨다.

"안녕하세요."

"그래, 성식이 친구니?"

"네."

우리는 우선 금성식 부모님에게 어제의 일을 사과했다. 성식이 부모님은 그러지 말라 그러시며 놀더라도 조심해서 놀아야 한다고 하셨다. 원인은 사실 금성식이었지만 구태여 꺼내지는 않았다. 금성식도 멋쩍은 표정이었다.

성식이 아버지는 우리와 인사하시고서는 방으로 들어가셨고 어머님은 점심을 준비해주셨다. 나는 애들에게 박재준 일을 말해주면서 절대 다른 곳에서 얘기하면 안 되고 정리한 것도 우리만 봐야 한다고 단단히 일러두었다. 애들도 재준이에게 고마워했다.

나는 정리를 할 만큼 했기 때문에 더 이상 베낄 것이 없었다. 다음 주에 새로 알려주는 힌트나 과목만 하면 됐다. 창세전쟁 온라인이나 할까. 금성식에게 컴퓨터를 써도 되냐고 물었다.

"저기가 내 방이니까 가서 하고 있어."

나는 금성식 방을 잠깐 둘러보았다. 별 특징은 없었다. 책꽂이의 책은 초중학생 때 그대로였다. 1인용 침대와 옷걸이. 옷걸이에는 여분의 교복 한 벌이 걸렸고 다른 옷들은 얼마 없었다. 책꽂이 가장 위에 부루마블을 발견했다. 애들에게 가서 말했다.

"야, 끝난 사람은 나랑 부루마블 하자. 해도 되지?"

"아 부루마블 하고 싶다."

"그러니까 얼른 하고 오라고."

나는 금성식 방으로 가서 컴퓨터를 틀었다. 부팅이 끝나고 게임 설치도 마칠 즈음에 성식이 어머님이 점심 먹으라고 부르셨다. 거실에 크게 한 상 차려진 채였다. 우리는 잘 먹겠습니다 말하고는 복스럽게 먹어댔다. 꽤 맛있었다.

점심을 먹은 뒤 나는 들어가서 게임을 시작했고 잠시 후 김한준이 다 했다며 들어왔다.

"다른 애들은?"

"형인이는 나 다음에 니 꺼 보는 중이고 경현이는 내 꺼 줘서 보고 있어."

나는 애들이 잘하는지 보기 위해 거실로 가보았다. 임인균 빼고 모두 열심히 적었다. 임인균은 김형인 지우개를 샤프로 찍은 뒤 샤프심을 부러뜨리기를 반복했다. 김형인 지우개를 샤프심

가시 덩어리로 만드는 중이었다.

"임인균 너 뭐하냐아."

"아 지우개 이거. 그냥 장난."

김형인은 자기 지우개를 보더니 어처구니없어했다.

"너," 김형인은 성식이 부모님 눈치를 보았다. "이게 뭐야. 왜
그러냐?"

임인균이 사과했다.

"미안해."

"너 지우개도 깁스 감으려고 이러냐?"

임인균은 멋쩍어져 아무 말 못했고 나는 얼른 끝내고 부루마
블이나 하자고 하곤 금성식 방으로 들어갔다. 컴퓨터는 내가 잡
았고 김한준은 옆에서 이것저것 물어보며 내가 하는 게임을 구
경했다. 잠시 후에 김형인이 방으로 들어왔다.

"다했어."

"야 얼른 부루마블 하자."

"콜 콜."

우리는 게임을 멈추고 부루마블을 세팅했다. 그 사이에 나는
슬쩍 MP3를 꺼내 스피커에 연결하고 프래질 앨범을 틀었다. 굉
장한 긴장감이었다. 우리는 은행을 맡을 사람과 자신의 색깔을

정하고, 돈을 나눈 뒤 규칙을 다시 숙지한 후 게임을 시작했다.
이제 두 시간은 끄떡없었다.

나는 초반에 운이 좋아 비싼 땅과 서울 쪽을 샀다. 다른 두 녀
석의 긴장이 역력했다. 값이 싼 아시아 땅은 형인이와 한준이가
나눠먹었고 하늘색 유럽은 주로 한준이가, 서유럽과 남미가 주
로 이루어진 곳은 형인이가 먹었다.

주사위를 굴릴수록 내가 불리해졌다. 다른 녀석들은 내 땅에
잘 걸리지 않았다. 황금 열쇠나 우주선으로 피해갔다. 가장 거지
같은 경우는 밟았는데도 주사위 더블이어서 돈을 내지 않거나
무료 통행권을 쓰는 경우였다. 내 땅이 워낙 비싼 곳이다 보니
무료 통행권을 내 땅에서만 썼다.

"진짜 좀 너무하지 않냐?"

나는 애들과 주사위와 주사위를 관장하는 무언가에게 하소연
했다.

"야 니 땅 한 번 걸리면 패가망신이여."

그러면서 나는 야금야금 돈을 잃어갔다. 한 바퀴를 돌면 주는
20만원, 노벨상 꼴랑 몇만 원, 생일도 아닌데 받는 생일 축하금
푼돈 몇 천 원이 수입의 전부였다. 그러다 결국 한 방이 터졌다.
내 땅의 가장 비싼 땅을 반액으로 파는 것이 걸린 것이다. 서울
은 아니었고 호텔과 빌딩이 같이 있는 뉴욕이었다.

"야 인간적으로, 아—"

"그래도 넌 서울 있잖아. 서울 걸리면 인생 역전하는 거라니까."

그러나 서울행 황금 열쇠는 내가 걸려버렸다. 나는 탄식했고 서울을 제외한 나머지 것을 팔다가, 또다시 반액 대매출로 서울까지 잃었다.

"나 파산이야. 미쳤어 이거. 미친 조작질. 은행 돈 다 내 꺼."

나는 파산 선언과 동시에 은행장이 되었다.

균형으로 보면 김한준이 더 우세했다. 그러나 아직 몰랐다. 서울의 새로운 주인은 김형인이었고, 그 밖의 부산과 제주도, 콩코드 여객기, 콜롬비아 호까지 김형인 차지였다.

처음에는 김한준으로 완전히 잡는 줄 알았다. 김형인이 걸린 리스본은 호텔에 빌딩까지 지어진 호화로운 땅이었다. 김한준은 한 방으로 김형인이 가진 현찰을 다 뜯어냈다.

경기는 한준이 쪽으로 기울고 형인이는 할 수 있는 모든 것을 쏟아 붙는다는 심정으로 주사위를 다시 던졌다. 형인이 숫자 6번으로 반격의 물꼬를 텄다. 한준이의 땅에 걸리는 위험을 피해 무인도에 도착했다. 그곳에서 형인이는 전열을 가다듬었고, 한준이가 꼬이기 시작했다. 처음에는 콜롬비아 호에 걸려 형인이에게 돈을 지불하고는 20만 원을 받았다. 그 다음에는 아시아 쪽 땅에서 걸려 아까보다 좀 더 많은 액수의 돈을 냈고, 다음에는 하늘색 유럽쪽, 마지막에는 다시 섞은 황금 열쇠 카드에서 서울로 가라는 지옥 안내장을 받았다. 한준이는 있을 수 없는 일이라고 소리쳤다.

"말도 안 돼, 이게 어떻게 네 번을 바로 걸려?"

형인이는 기쁨을 감추지 못했다. 무인도에서 돈벼락을 맞고 세계까지 정복할 기세였다. 기세가 좋으면 운도 따라주는지 형인이는 한준이의 땅을 족족 피했고, 한준이는 또 한 번 치명타를 당했다. 황금 열쇠에서 나온 건물 수리 카드였다. 건물 수대로 수리비를 지불해야 했고 당연히 본인 부담이었다. 한준이는 사 놓고서 다른 사람이 한 번도 걸리지 않은 비싼 로마로 수리비를 부담했다.

"시발 이게 뭐야!"

한준이가 거의 울먹였다. 한준이는 거의 욕을 하지 않는 녀석이었지만 이번에는 아닌 듯싶었다. 나랑 형인이는 웃음만 나왔다.

그리고 형인이 주사위가 로마로 향했다. 형인이는 냉큼 로마를 사들였다. 형인이와 나는 소리 질렀다.

"아 진짜 이건 말도 안 된다고!"

"이건 진짜 이탈리아 부동산의 비극이다. 아 존나 미친 시발 아하하하."

나는 정신없이 웃었다. 김한준은 운명을 예감하고 자포자기했다. 트랙을 한 바퀴 다 돌아 다시 나오는 배경음 프레질이 운명의 노크처럼 들렸다. 하지만 그게 끝이 아니었다.

한 바퀴를 돌고 나서 김한준은 또다시 서울에 걸렸다. 한준이에게 서울 값을 지불하고 나서 서너 도시가 남았지만 못하겠다고 카드를 내던졌다.

"너 다 가져. 지구 니 꺼야. 시발 어떻게 로마 팔고 서울 팔고."

"내가 가질 때는 한 명도 안 걸렸는데 재수 대박이다."

"아 내 말이. 어이없어."

원래는 끝나고 한 판 더 하려 했으나 방금 판이 너무 극적이어서 그런지 기운이 나지 않았다. 신난 사람은 김형인뿐이었다.

"야 한 번 더 하자. 이번엔 쉽게 이겨줄게."

"꺼져 개돼지야."

나는 둘을 보면서 킬킬 웃었다.

다른 녀석들은 열심히 적는 중이었다. 금성식이 방에서 무슨 일이 있었냐고 묻길래 방금 전 김한준의 몰락을, 서울을 통한 지구의 소유권 분쟁의 종결을 이야기해주었다. 금성식은 자기도 끼겠다고 했다.

"하던 거는?"

"문방구에서 복사하고 적지 뭐."

우리는 내키지 않았으나 금성식을 끼워 다시 했다. 게임이 재미있게 돌아갔다. 독주를 견제해서인지 서로 비등비등했고 급기

야는 2대 2로 연합했다. 3위인 나는 2위 금성식과 편이었다.

김한준은 김형인을 도와주었지만 어느 정도까지일 수밖에 없었다. 김형인이 파산하고 3파전, 그리고 협공으로 김한준을 잡았다. 금성식과 나의 대결에서 결국 금성식이 이겼다. 두 판 했을 뿐인데 거의 저녁이었다. 임인균과 경현이는 아픈 손목을 쥐며 다 적었다고 했다.

우리는 저녁을 챙겨주시려는 성식이 어머니에게 괜찮다고 하며 집을 나섰다. 금성식은 한준이 공책을 복사했다. 그 뒤 각자 집으로 흩어졌다. 경현이와 나는 같은 버스를 탄 뒤에 헤어졌다.

시험 전 주는 선생님들이 늦게 알려주는 부분을 보충했다. 윤곽이 잡히지 않던 과목은 새로 정리했다. 나는 정리한 공책을 또 베껴 적어보며 외웠고 안 되는 부분은 다시 적어 외웠다. 공식도 머리에 욱여넣었다. 이해가 필요한 부분은 맡은 과목 녀석들에게 도움 받았다. 국어는 경현이가 설명해주었고 수학은 한준이가 공식을 활용해서 푸는 법을 설명해주었다. 적어도 실업계라서 쉽게 외운다, 이런 건 없었다. 단지 시험일 뿐이기 때문에 열심히 했다.

나는 메신저로 채연이에게도 어찌어찌 공부가 된다며 얌전한 어조로 자신감을 보여주었다. 채연이는 할 수 있을 거라며, 시험 일정이 같으니 같이 열심히 해보자고 했다. 하다가 귀찮거나 지치면 잠깐 모퉁이에다 그림을 그렸다. 그럴 때 그림들이 유난히 빛났다.

중간고사가 다가왔다. 아침에 새로 산 컴퓨터용 싸인펜에 간절히 운을 기대고 싶었다. 시험에 대한 부담감 때문이었다. 작년에는 이렇지 않았고, 그 전에도 마찬가지였다. 예전에는 요행을 바랐다면 이번에는 노력만큼의 점수를 바랐다. 왜 이제 와서 그럴까? 알 수 없었다.

실업계에 와서 마음가짐이 바뀌어서일까. 처음에는 그럴지 모른다. 하지만 어딘가의 소속이라면, 처음의 생경함과 생경함에서 나오는 각오는 잊어버리기 마련이다. 실업계니까, 공고니까, 하는 꼬리표는 녹아 사라진다. 태도의 변화라고 하는 게 맞을 듯싶다. 과연 언제부터일까. 문예부를 만들면서? 경현이를 만나고 난 뒤? 방학 동안 책을 읽으며? 입학이 결정되고 나서? 컴퓨터를 거실로 치워서? 전부 맞을지도 모르고 아닐지도 모른다. 무슨 대수인가. 우선은 코앞의 시험을 풀어야 하는데.

나는 시험지랑 OMR카드를 받고 시험에 집중했다.

#4

2004년 4월 말,

함께 채워가는 공백

❋
◆
✕

22

시험은 할 만했다. 놀라웠다. 공부한 내용들이 보였다. 두 문
제가 애매했는데, 틀려도 93점이었다. 말도 안 되는 일이었다.
중학교 내내 90점 언저리에도 가지 못했고 초등학교 때에도 80
점 이상 맞은 기억이 드물었다. 다 푼 뒤 다시 한 번 확인하고 마
킹했다. 엎드려 누워서는 별별 생각이 다 들었다. 몇 년 만에 90
점이 넘었으니 부모님께 문예부에서 쓸 전기장판을 사달라고 해
볼까.

맨 뒤에서 OMR카드를 걷고 선생님이 가지고 나간 뒤 반이 웅
성였다. 시험 결과를 확인하기 위해 서로 대조해보았고 나도 거
기에 끼었다. 예전에는 외떨어져 쟤네 도대체 다음 시험공부는
안 하나 생각했었다. 내가 그럴 줄이야.

경현이에게 애매한 부분을 물었다. 하나는 서로 답이 같았고 하나는 아니었다. 애매한 부분을 빼고 채점해보니 96점이었다. 다른 채점 무리에 가서 확인해보니 남은 하나는 경현이가 맞춰 경현이 100점, 내가 96점이었다. 다른 애들이 공부 잘한다며 치켜세워주었다.

"뭘 잘해 개뿔."

나는 이렇게 말하면서도 어안이 벙벙했다.

다음 시험도, 다음 날 시험도, 그 다음 날 마지막 시험도 운이 아님을 증명해주었다. 수학 공식보다 머릿속에 안 들어오는 영어, 엉성하게 정리한 체육에서 점수를 깎였다. 체육은 금성식을 탓할 수 없었다. 끝까지 범위를 애매하게 내준 탓이었다. 그래도 평균 90점대 초반이었다.

선생님이 정답을 알려주기 전이었지만 큰 이변은 없다고 보았다. 이변은 내 점수 하나만으로도 충분했다. 마냥 쉬운 시험이라 다들 성적이 높은 경우도 아니었다. 우리 무리 중에서는 김한준과 나, 경현이가 점수가 높았다. 금성식이 제일 낮았다. 시험 끝난 날 나는 문예부에 누워서 경현이에게 말했다.

"야 내가 평균 90이 넘어. 내가 이런 역사가 없었거든? 어이가 없어서 말이 안 나와."

"잘된 거지, 야, 그래도 영어랑 체육까지 하면 평균 95점도 넘기는 건데."

경현이도 평균 90점대 초반이었다. 나보다 평균이 1점 낮았다.

"아냐 이걸로 만족할래. 더 이상 아쉬워하면 사치야. 일단 나중에."

문예부에 있다가 채연이를 만나러 나갔다. 채연이도 똑같이 중간고사를 쳐서 빨리 끝났기 때문이다. 교복 차림의 낯섦은 잠깐이었다. 저녁이 다 되어가는 오후에 대훈서적 뒷골목에서 분식을 먹으며 마구 자랑했다.

"원래 공부 잘하면 이런 느낌이야? 이제 보니 치사하네, 공부는 자기 혼자 다 하고, 같이 좀 하지."

채연이는 평소 같지 않은 내 농담에도 웃어주었다.

"태인이 너 진짜 좋은가 보다. 이런 모습은 처음이야."

"당연히 처음이지, 이런 점수 맞은 적이 없으니까." 나는 뒤이어 의미심장하게 말했다. "사실 나는 공부에 소질 있을지도 몰라."

채연이는 또 까르르 웃었다. 내가 기쁘니 자기도 꿍한 기분이 풀렸다고 했다. 채연이는 생각보다 점수가 안 나왔다고 했다. 평균 80점대 중반이라는 것이었다.

"넌 원래 잘하니까 다음에 잘 나오겠지. 그리고 인문계가 더 어렵잖아."

"아냐아냐, 아무튼 너가 더 열심히 한 거야."

우리는 분식을 먹고 대훈서적 2층 만화책 전문 서점에서 만화책들을 구경한 뒤 헤어졌다. 부모님께서 나를 곧 부르신다고 했다. 주말 즈음에 부르실 것 같았다.

저녁에 집에 가서 결과 보고했다. 기막힌 연기로 무뚝뚝하게 평균 93점이에요. 100점도 몇 개 있고. 대수롭지 않은 척 말했다.

어머니는 못난 아들이 평균 90점을 넘겼다는 것에 감격하셨고 당장 아버지에게 전화를 걸어 알렸다. 전화를 끊은 어머니는 "아버지 오늘 일찍 집에 오신댄다. 삼겹살 사 오신다고 같이 먹자더라." 말씀해주셨다. 컴퓨터를 하던 동생은 아싸 삼겹살이다, 하며 좋아했다. 부모님이 대신 좋아해주셨기 때문에 나는 민망한 듯 겸연쩍은 듯 굴어 좋아하는 티를 감추었다. 분위기가 좋아 부모님이 뭐든 들어주실 것 같았다.

나는 전기장판을 사달라는 대신 문예부에 대해서 고해했다. 경현이와 의기투합해 시작하고, 국사 선생님을 만나 문예부를 만든 과정에 대해서, 사실 미술부가 아니었음을 말했다. 그리고 문예부에서 그림 그리고 시험공부해서 성적이 잘 나왔다는 얘기도 빼놓지 않았다. 부모님은 오히려 대견해 해주셨다. 아버지가 갑자기 지갑에서 만 원짜리 다섯 장을 꺼내셨다.

"이걸로 거 전기장판 사고 저녁도 챙겨 먹고."

넋이 나가 아버지의 손 끝 5만원을 쳐다보기만 했다. 평소 같았으면 말렸을 어머니도 이번에는 받으라고 밀어주셨다.

"밥은 먹고 다녀야지. 추운 데서 고생하지 말고."

엉거주춤하게 돈을 받아 넣었다. 두 살 어린 동생 녀석이 부러운 눈으로 쳐다보았다. 어머니가 너도 공부 잘하면 돼, 하자 고개를 숙이곤 밥숟갈을 떴다. 동생에게 괜히 미안했다.

들뜬 기분을 조차장역을 지나가는 기차를 보며 삭였다. 괜히 회덕빌라 주위를 배회하며 원경과 근경을 보았다. 발아래 거인의 계단처럼 차곡한 집들, 저 너머 같은 높이의 수평 철길, 비석 같은 아파트 단지들, 저 너머의 별과 어둠, 어둠과 별, 불 켜진 대덕구의 모든 사람들을 생각하며 들뜸을 삭였다.

회덕빌라에서 선비마을, 대화동 아파트까지 내 얘기를 전해주고 싶었으나 이내 바보 같음을 알았고 얌전히 가만 있었다. 그래도 지금의 나를 잊지 않겠다고 기억해주겠다고 약속해주었으면 했다. 이 동네가 친절하게 새끼손가락을 내민다면 나도 망설이지 않고 새끼 손가락을 내밀어 걸리라. 이제는 움직이면서 털어내자. 1학년 야영 활동과 체력 검사, 체육 대회가 이어졌다. 춘추복이 어울리는 계절이었다. 다만 채연이의 부모님이 주말 동안 부르지 않아 신경 쓰였다.

월요일 전공 제도, 마지막 정답 확인 시간이었다. 100점일 게 거의 확실한 전공 제도 시험지와 준비물을 챙기고 제도실로 갔다. 긴장이 풀려서인지 소란스러웠다. 제도 선생님은 우리를 진정시키고는 정답을 확인했다. 100점이었다. 확실한 평균 93.6

점. 반올림해서 94점. 나는 의기양양한 마음가짐으로 전공 제도 시간을 들었다.

첫 시간이 끝나고 채연이에게 문자를 받았다. 채연이 부모님 이 내일 보자고 하셨다. 야자는? 물으니 부모님이 하루 빼주시 겠다고 했다. 굳이 그렇게 해야 하는 이유라도 있냐니 자기도 잘 모르겠다고 했다. 그때 권구영 패거리가 지나갔다. 권구영이 경 현이를 불렀다.

"시험 잘 봤다며?"

"뭐……."

권구영은 웃었다. 다른 녀석들도 웃었다. 위험한 웃음이었다.

"있다가 강전웅이랑 바꿔서 내 옆으로 와라, 응?"

경현이는 어물거렸다.

"어….."

권구영이 웃음기를 거두고 경현이에게 얼굴을 들이댔다.

"씨발 새끼야 대답하라고." 그리고 보는 선생이 없는지 눈치 보고선 다시 말했다. "와, 응?"

경현이는 희미하게 고개를 끄덕였다. 권구영이 다시 웃고서는 자기 패들이랑 아무 일 없던 듯이 떠났다. 저 새끼만 보면 존나 때리고 싶어, 떠드는 소리가 들렸다.

"시험 끝났다 이건가." 내가 말했다.

"모르겠다." 경현이는 굳은 채 대답했다.

4교시, 전공제도 두 번째 시간이었다. 경현이는 강전웅이랑 자리를 바꾸지 않았다. 선생님이 앞자리를 보셔야 했다. 하지만 선창화 선생님은 교탁보다는 책상 주위를 다니며 막히는 아이들을 가르쳐주는 쪽이었다. 자리가 번호순이라 나는 너무 멀었다.

내가 가도 아무 도움도 되지 않을 것이지만…… 나는 무력함을 느꼈다. 권구영은 강전웅에게 말해 자신이 직접 자리를 바꾸었다. 그러더니 아까 전의 웃음기를 거둔 표정, 사람이라도 죽일 태도로 경현이에게 무어라 했다. 선생님이 자기 쪽을 지나갈 때는 눈치를 보며 아무렇지 않은 척했다. 주위 녀석들은 권구영의 압박에 선생님께 도움을 요청하지 않았다. 나는 멀리서 지켜볼 뿐이었다.

권구영은 틈나는 대로 경현이에게 위협적인 말을 하는 듯했다. 그러다가 잔인하게 웃고, 손으로 툭툭 건드렸다. 경현이는 아무 말도 하지 않았다. 왼손으로 무언가를 몰래 챙겨 오른손에 바꿔 쥐었다. 뭔지는 알 수 없었다.

권구영은 경현이에게 자기 마음대로 굴었다. 선생님이 먼 곳에서 다른 곳에 집중할 때 손등으로 경현이의 뺨을 쳤다. 경현이는 가만있었다. 곧이어 권구영이 다시 무어라 했다. 경현이가 움직였다. 슬금슬금 두 발짝 즈음 빠졌다. 경현이가 고개를 들었다.

갑자기 경현이가 소리쳤다.

"아가리 닥쳐!"

경현이는 무언가를 쥔 오른손을 휘둘렀다. 컴퍼스였다. 경현이는 컴퍼스로 권구영 오른쪽 상박을 찍어 눌렀다. 그리고 다시 뽑아 휘두르려고 했다. 권구영이 막으려고 손을 들었지만 컴퍼스의 뾰족한 축 때문에 어찌할 줄 몰랐다. 경현이는 다시 찌르려고 굴다 컴퍼스를 놓아버리곤 주먹을 휘둘렀다. 한 번, 두 번—, 경현이도 상대를 죽여버리려는 표정으로……

"너네 지금 뭐하는 짓이야!"

선생님이 소리쳤다.

그제야 경현이와 권구영이 서로 멈추었다. 순식간에 벌어진 일이었다.

"너네 둘이 당장 나 따라와, 나머지는 조용하고 알아서들 있어, 따라와!"

경현이와 권구영은 선생님께 끌려 나갔다. 권구영은 왼손으로 오른 팔뚝을 부여잡았다. 피가 나오는 듯했다.

선생님이 나가자 우리 반은 또다시 웅성거렸다. 나는 아무 말도 않고 이를 물었다. 권구영이랑 같은 패인 부반장이 신경질 냈다.

"씨발놈들아 조용하라고! 병신새끼들이—."

우리 반은 조용해졌다.

점심시간에도 경현이는 보이지 않았다. 나는 경현이를 찾아 나섰다. 과 사무실에는 없었고 문예부에도 보이지 않았다. 벚꽃 동산에도 없었다. 본관 도서실에 가서야 찾았다. 서고 가장 구석 에 기댄 채였다.

"어떻게 됐어."

"양호실에 갔다 왔는데 파상풍은 아닐 거래."

"아니, 그거 말고."

경현이는 잠깐 동안 아무 말도 않았다. 흥분이 쉽게 가라앉혀 지지 않는 듯했다.

"우선 다시 나머지 수업 받으래. 어떻게 될지는 나도 모르겠 어……."

나는 쉽사리 말을 건넬 수 없었다. 위로도 섣불렀거니와 자격 도 없었다.

"점심은?"

"됐어."

그 뒤 나는 아무 말도 못했다.

경현이랑 권구영은 5교시에 다시 돌아왔다. 반 분위기는 얼어버렸고 선생님은 교탁에서 우리들을 지켜보기만 했다. 경현이랑 권구영은 서로를 보지 않았다.

쉬는 시간에 권구영은 자기네 패거리에 둘러싸인 반면 강경현은 복도 창 쪽에 혼자 선 채였다. 아무에게도 다가가지 않았고 아무도 다가오지 않았다. 나는 어렵게 다가가서 아무 말 없이 옆에 섰다. 잠시 후에 권구영이 자기 패에서 나와 우리 쪽으로 다가왔다. 아직도 동네 꼬맹이들에게 돈을 뜯는 녀석의 표정이었다. 경현이를 쳐다보며 말했다.

"너 학교 끝나고 남아. 끝나고 보자."

그러자 경현이는 권구영을 똑바로 보며 입꼬리를 씨익 올렸다. 작은 웃음소리를 냈다. 권구영은 강경현의 반응을 보고선 굳은 표정으로 돌아섰다. 권구영이 간 뒤 내가 말했다.

"끝나고 같이 있자. 있어줄게."

"고마워."

경현이는 무뚝뚝하게 말했다.

제도 수업을 모두 마치고 집에 갈 시간이었다. 청소 당번인 나는 청소를 마친 뒤 반 열쇠를 받고 남았다. 모두 떠난 뒤 도서실에 있던 경현이가 왔다.

"아직 안 왔어?"

"응."

너의 어제를 노래하며

우리는 기다렸다. 혼자 오진 않겠지? 당연히 같이 오겠지. 이런 말 따위를 주고받았을 뿐이었다.

나는 무서웠지만 티 내지 않으려고 했다. 선생님이 내 주위로 왔을 때 은근슬쩍 경현이 쪽을 신경써달라고 눈치 줄 수도 있었다. 아니, 아니다. 선생님이 끼어들면 애매하게 끝난다. 하지만 나까지 끼어 싸운다면…… 그 상황이 두려워 스스로 비겁하다 느꼈다. 그리고 다시 권구영 패거리를 생각했다. 숫자로는 불리하니 뭐라도 들어야겠다 생각했다. 의자나 대걸레…… 경현이는 웃은 뒤로는 표정이 변하지 않았다. 20분여가 지났다. 아무도 오지 않았다. 경현이는 바지 주머니에 넣었던 손을 뺐다. 커터 칼을 쥔 채였고, 부들부들 떨었다. 딱딱한 경현이의 표정이 풀렸다.

"내가,"

경현이는 말했다.

"내가— 내가 이럴 줄 알았어. 고등학교 와서도. 늘 그랬으니까. 초등학교나 중학교 때도 비슷했어. 그래도 그때는 참을 만했어. 하지만 여기는— 고등학교는 아니야…… 새 시작이야. 더 이상 그럴 수는 없는 거야. 지금 이러지 않으면 계속 당하니까."

경현이는 계속 떨었다.

"근데— 근데, 굳이 이럴 필요는 없잖아? 애초에— 애초에 잘 지내거나 신경 쓰지 않으면 되잖아? 왜, 왜— 쟤네들은 왜 그렇게까지 해야만 하는 거야? 재미도 없고 기분만 나쁘잖아……

그렇게 할 필요는 없잖아. ─그렇게 하지 않으면 내가 이렇게 안 했을 거야. 이러고 싶지 않아. 이러고 싶지 않아, 너랑, 문예부에서 글 쓰고 책 보고 얘기하고 그거뿐이야. 그게 하고 싶은 것뿐이라고."

경현이가 겨우 쌓았던 가짜 성이 무너져 내려갔다.

20분을 더 기다렸지만 아무도 오지 않았다. 경현이는 커터 칼을 다시 필통에 집어넣었다. 오늘은 문예부에 가지 않았다.

너의 어제를 노래하며

23

아침부터 비가 내렸다. 하루 종일 내릴 비라고 했다. 5월인데도 겨울 같았다.

학교에서는 어제 일을 다시 꺼내지 않았다. 괴롭힘의 문제가 아니라 급우끼리의 다툼 정도로 생각하고 덮으려는 듯했다. 권구영은 팔뚝에 상처가 났을 테지만 부모님을 부르지 않았고, 경현이도 따로 말을 꺼내지 않은 듯했다. 경현이 주위에는 아무도 없었다. 하루가 지났어도 여전했다. 경현이에게 아무도 다가오지 않았고, 경현이도 다른 누구에게 가지 않았다. 오직 나만이 경현이 곁에 있었다. 나는 경현이 대신 내 주머니에 커터칼을 넣어 다녔다.

채연이 부모님을 뵈어야 했기 때문에 오늘도 문예부에 가지 않았다. 경현이가 잘 다녀오라며 한마디 해주었다. 나는 채연이

학교가 있는 둔산 방향 버스를 탔다. 어제 일과 오늘 내리는 비 때문에 마음이 좋지 않았다. 버스 창에 빗물이 흘러내렸다.

채연이는 갤러리아 뒤 파리바게뜨에서 날 기다렸다. 채연이가 손 흔들어주었다.

"일찍 끝나니까 좋다."

"그런데 비 오잖아. 춥기도 하고."

"그래도, 바로 집에 가면 되니까."

"그러네. 가자. 버스 타고 갈래? 집 여기서 멀어?"

"아냐 걸어가자. 크게 멀지는 않아, 월평동이니까. 근데 무슨 일 있어?"

우리는 월평동으로 향했다. 나는 어제 일을 얘기해주었다. 내가 물었다.

"너네도 그래?"

"우리도 그런 게 있긴 하지……."

날씨가 추워서 우리는 꼭 붙어 걸었다. 비 맞을 테니 우산을 따로 쓰자고 했지만 채연이가 싫다고 했다. 팔짱을 끼거나 손을 잡지는 않았다. 내가 우산을 들기 때문이기도 했지만, 아직 어렸고 부끄럽기도 했다.

우리는 도랑 몇 군데와 횡단보도 몇 군데를 건너 채연이 집에 다다랐다. 같은 대전이었음에도 불구하고 사뭇 달랐다. 으리으리하며 반듯했다. 비가 내리지 않았다면 반짝반짝 빛날 것만 같았다. 대덕구랑 동구, 시내는 중구로 가다보니 서구 거리는 생소했다.

"여기가 잘사는 동네라고 하지？"

"그렇다고들 하는데 잘 모르겠어. 다 비슷비슷해."

"우리 동네 오고서도 그런 말이 나와？"

"그래도 난 둔산 쪽보다 너네 읍내동이 좋아. 둔산 쪽은 그냥…… 좀 그래."

"하긴. 나도 우리 동네 좋아. 언제 밤에 한번 야경을 보여주고 싶은데. 기차도 막 지나가고."

"나중에 꼭 갈게."

"꼭 와 꼭."

"알았어."

우리는 엘리베이터를 통해 올랐다. 채연이 집은 꼭대기 층이었다. 채연이 부모님은 우리를 기다리셨다.

"아 그래, 들어와라, 한번 보고 싶었는데."

"예 안녕하세요."

"밖에 비 많이 오니?"

"아뇨 그냥 적당히……."

"그래 앉아라. 채연이는 방에 가서 옷 갈아입고 오고."

채연이는 방으로 들어갔고 나는 거실에서 과일이 놓인 작은 상을 두고 채연이 부모님과 마주 앉았다. 베란다를 보니 밖이 휑 뚫려 유성 밤하늘이 보였다. 채연이 부모님은 과일을 먹으라며 권해주셨다. 나는 얌전히 먹었다. 채연이 부모님 두 분은 말쑥하셨다. 아버님은 6급 공무원이었고 어머님은 어디 강사라는 것이 떠올랐다. 말씀을 않으셨는데, 나도 무슨 말을 해야 할지 몰랐다.

채연이가 편한 차림으로 나왔다. 내 옆에 앉았다. 부모님이 말씀을 꺼내셨다.

"사귄 지는 얼마나 됐니?"

나는 우물쭈물 대답했다.

"그게 애매한 게…… 원래 중학교 때부터 알던 사이라."

두 분이 고개를 끄덕이셨다. 채연이 아버님이 물으셨다.

"부모님은 뭐 하시는 분이신데?"

"어머니는 가사일 하십니다. 몸이 편찮으셔서…… 아버지는 이삿짐센터에서 일하시고요."

"형제가 자네 하나뿐인가?"

"중학생 남동생 하나 있습니다. 올해 중2입니다."

"집이 여기서 멀 텐데."

"예, 읍내동입니다. 대한통운 근처…."

"아 그래, 대화동 옆이던가 그게."

"예……."

나는 고개 숙였다. 아버님이 계속 물어보셨다.

"그래, 학생. 학교가… 실업계라고 했나?"

"……예."

나는 몹시 부끄러웠다. 차라리 혼을 내주기를 바랐다. 채연이
가 말했다.

"태경공고 다녀요. 그림도 잘 그리고 성적도 좋아요."

"너는 가만히 있어라."

채연이 어머님이 말씀하셨다.

"우리 딸이 공부를 잘하는 건 알고 있지?"

"……예."

"원래 외고로 가려고 했는데 채연이 뜻에 맞추느라. 게임 때문에 친해졌다고 들었는데."

"지금은 안 합니다. 안 한지 꽤……"

내 목소리가 작았던 탓일까, 채연이 어머님이 계속 말씀하셨다.

"그래서 내가 채연이한테 게임을 하지 말라고 했는데."

채연이 아버님이 말씀하셨다.

"아무튼 좀…… 학생도 알다시피 그렇잖은가. 실업계 학생이… 물론 학생이 그렇다는 건 아니네만."

"……예, 압니다……."

"이제까지는 뭐 어린 나이이기도 해서 그냥 지켜보았네만, 그래, 학생에게는 그냥 좋은 추억으로 남기고…… 우리 딸도 이제 공부해야 하지 않는가. 가뜩이나 중간고사 성적도 잘 안 나왔는데."

나는 무슨 말을 해야 할지 몰랐다. 대화는 좋고 나쁨이 아니라 옳고 그름의 문제로 바뀌었다. 채연이 부모님은 어린 나이에 하는 연애와 그 상대가 실업계 학생인 것 둘 다 그르다고 보셨다. 나라면 어땠을까. 그 문제에서 채연이 부모님의 말이 틀리다고 생각하지 않았다.

"그래…… 그리고 어차피 보고 싶어도 볼 수 없는 거야. 좀 있으면 채연이도 유학 가야하니까.”

채연이는 전혀 처음 듣는 말인 듯했다.

“처음 듣는데.”

채연이 아버지께서 말씀하셨다.

“채연이가 싫어할 것 같아서 수속은 다 마쳐두었네. 미국에 가서 더 공부해야지. 학생도 열심히 하고.”

“……예.”

시간이 천천히 흘렀다. 말 사이의 공백이 말보다 길었다. 나는 몸 둘 바를 몰랐다.

“저녁 먹고 가겠나? 금방 할 수 있는데.”

“아뇨, 괜찮습니다. 가봐야지요.”

“그럼 따로 잡지는 않겠네.”

나는 자리에서 일어섰다. 그리고 매무새를 다듬은 뒤 채연이 부모님께 인사드리고 현관으로 갔다.

“과일 잘 먹었습니다.”

“저녁을 못 먹여서 미안하네.”

채연이가 서둘렀다.

"엄마 나 잠깐 따라 나갔다 올게."

"오래 있지 마라. 배웅만 해주고 와, 비도 오는데."

우리는 엘리베이터에 탔다.

"유학은 나도 처음 듣는 얘기야. 그런 건 미리 말해줘야지. 정말 몰랐어. 알았다면 너한테 제일 먼저 얘기했을 거야."

"괜찮아, 뭐……."

"정말 괜찮아? 정말 괜찮은 거야?"

"가야 하는 거잖아? 수속도 마쳤다는데."

"그래도……."

우리는 아파트 입구까지 나왔다. 가야하지만 더 이상은 가지 못했다. 인적이 드문 아파트 한 구석까지 말없이 자리를 옮겼다. 서로 각자의 우산을 든 채 나란히 설 뿐이었다. 나는 무슨 말이라도, 감히 욕설이라도 뱉어내고팠지만 우두커니 서서 꼼짝하지 못했다. 채연이는 우산을 쥐지 않은 손을 오므리고 우산 너머를 바라보았다. 보이지 않는 마이크를 쥔 채 별을 녹음하려는 듯했다.

"미안해."

"너가 뭐가 미안해."

우리는 마주보았다. 나는 고개를 숙였다. 채연이는 내게 다가와 다리를 구부려 나와 시선을 마주쳤다. 채연이의 눈. 우리는 서로를 안았다. 채연이는 쥐던 우산을 놓았다. 목이 메어 말했다.

"미안해."

우리는 서로를 꽉 안았다. 누구도 떨어뜨려놓지 못할 정도로, 다시는 놓지 않을 작정으로 안았다. 그제야 나는 채연이를 좋아하는 내 마음을 알았다. 하지만 마음을 깨달았을 때는 헤어져야 할 때였다. 어쩌면 영원이 될지 모르는 긴 안녕을 말 할 시간이었다. 잡아야 할까? 그러고 싶었다. 하지만 그 뒤에는? 채연이는 나보다 훨씬 뛰어나다. 우리 집보다 잘살고 공부도 잘한다. 내가 당장 해줄 수 있는 일은……

나는 천천히 포옹을 풀었다. 얼굴과 얼굴이 가까웠다. 서로가 서로를 보았다. 이렇게 가까이서 채연이를 본 적은 없었다. 안경 뒤의 망울을 나는 조심스럽게 밀쳐냈다.

"들어가. 걱정하신다."

"버스 타는 데까지만 바래다줄게."

"아냐, 들어가." 나는 강경했다. "추워. 비도 내리고. 일찍 끝난 날이니까 집에서 푹 쉬어."

채연이는 내 태도에, 알겠다고 했다. 나는 채연이의 우산을 들어 빗물을 털었다.

"먼저 가. 갈게. 잘 가고."

채연이가 말했다.

"이대로 보내지 않을 거야. 반드시 돌아올게. 반드시 돌아와서 너랑 있을 거야."

우산을 받아든 채연이는 돌아서 천천히 집으로 갔다. 나는 버스정류장으로 향하며 단 한 번도 돌아보지 않았다. 돌아보면 채연이가 뒤에서 따라올 것만 같았다. 나는 돌아보지 못했다.

버스를 탄 뒤 문 쪽 맨 뒤에서 두 번째 자리에 앉았다. 사람들은 얼마 없었다. 모두 어디로 갔을까. 상체의 무게를 의자에 내려놓고, 버스 창에 머리를 기대는 순간, 오늘의 무게가 훅 끼쳤다. 나는 채연이에게 해줄 것이 없었다. 비가 내렸다.

그때였다. 삽시간에 나의 전부가 유치해졌다. 나의 행동, 경험, 기억, 생각, 판단, 의지, 취향, 했던 말들 전부가 유치해졌다. 나의 모두와 전부가 나락으로 형편없이 추락했고, 끝없이 떨어지는 중이었다. 나는 아무것도 할 수 없었다. 나는 너무 유치했기 때문에 모두들 나를 외면할 것만 같았다. 문예부, 학교, 도서실, 내가 좋아했던 모든 무언가, 경현이, 내 그림들…… 아무 것도 아니게 되어 사그라들었다. 나는 부끄러웠다. 나는 아

무엇도 할 수 없었다. 오로지 하얗게 낀 창에다 채연이의 이름을 적을 뿐이었다. 이채연. 그런 뒤 손가락으로 낙서해 채연이의 이름을 지웠다. 다시 입김을 불어 창을 하얗게 했다. 그리고 다시 채연이의 이름을 적었다. 지워버린 뒤 입김을 불고 다시 적었다. 그러기를 반복했다. 나는 내 이름을 적었고 다시 채연이를 적었다. 그리고 경현이를 적고, 또 나를 적은 뒤, 다시 채연이를 적었다. 나는 수없이 적었다. 나는 유치했고, 비겁했다. 내가 할 수 있는 것은 없었다. 나는 적고 지우기를 반복했다. 끝없이 그러고 싶었다.

24

그 뒤로 채연이와 연락하기 힘들었다.

게임에 접속해도 채연이가 들어오지 않거나, 들어와도 잠깐 이야기하고 말았다.

채연이는 부모님이 보고 계시다며 많이 얘기하지 못해 미안하다고 했다. 나는 괜찮다고 말했다. 하나마나 한 말을 주고받다 보면 마음이 아리었는데, 그 마음 아림을 견디기 힘들었기 때문이다.

경현이 핸드폰을 빌릴 수도 있지만, 빌려 연락한들 채연이와 내가 다시 가까워지리라 기대하지 않았다. 기다림이 점차 길어졌기에, 결국 기다림을 그만두었다.

너의 어제를 노래하며

나는 뒤늦게 경현이에게 내 상황을 말했다. 경현이는 아무 말도 하지 못한 채 곁에 있었다. 나는 내 감정을 무어라 말할지 몰라 답답했다. 채연이와의 일과 설명하지 못함의 답답함을 동시에 머금어 지냈다. 경현이는 스무 고개를 하듯 뒤집힌 내 감정의 명찰을 돌려보았다.

애틋함과 막막함. 막연함과 서글픔. 슬픔과 그리움.

그 말들 전부 정답이면서 정답이 아니었다.

권구영은 파상풍 검사를 받았다고 했다. 직접 들은 이야기는 아니다. 그 뒤로 권구영네와 경현이가 거리를 두고 지냈는데, 항상 그러지는 않았다. 권구영네 패거리 중 하나인 안정연이랑 시비가 붙기도 했다.

체육복으로 갈아입고 나가는 중이었다. 애들이 부산스레 움직였다. 그러다 안정현과 경현이의 어깨가 서로 부딪쳤다. 안정연이 고의로 그랬는지는 모르겠다. 아무튼 경현이는 뒤로 밀렸고, 안정연을 쳐다보았다.

안정연이 경현이에게

"왜 병신아, 나도 찍게?"

라고 했고, 경현이는 아무 말도 않고 안정연을 쳐다보았다.

이윽고,

"그래 시발년아, 하나도 찍었는데 둘은 더 쉽지."

라며 주머니에서 컴퍼스를 꺼내 줬다.

안정연은 "깝치지 마라……." 하면서 자리를 피했다.

권구영을 찍은 이후 경현이는 주머니에 항상 컴퍼스나 커터칼을 넣어 다녔다. 나 역시 경현이와 함께 하기 위해 커터칼을 넣어 다녔다. 이 흉기를 쓰지 않기 바랐지만, 우리가 결정할 문제가 아니었다.

우리들은 교실에서 거의 아무 말도 하지 않았다. 경현이는 반에서 외떨어져 지냈고, 나는 경현이와 함께 있었다. 문예부에 가서야 마음 놓고 편하게 얘기했다.

문예부, 안온하며 그늘진 성채. 우리는 문예부에서 시간을 보냈다. 누워 만화책을 보고 책을 읽었다. 간식을 먹고 쪽잠을 잤다. 그림을 그리고 글을 썼다. 비래동 종점까지 걸어갈 때엔 고도를 기다리며에 나온 럭키처럼 떠들었다.

그 모든 행동이 유치했고, 나는 우리의 유치함을 지키고 싶었다. 그건 나였다. 그건 경현이였다. 그게 둘이서 혼자를 지키는 방법이었기에, 나는 문예부의 파수꾼을 자처했다. 유치함을 지키기 위해서라면 뭐든 할 작정이었다.

너의 어제를 노래하며

시간이 지난 어느 날 경현이가 물었다.

"괜찮아?"

"괜찮아."

그러고서 경현이는 아무 말 없이 내 짐을 자신에게 덜었다. 내가 물었다.

"이제 뭘 해야 되지?"

"글쎄. 나도 잘 모르겠다."

나는 웃어보려고 했다. 하지만 잘 되지 않았다.

경현이가 말했다.

"글을 써보고 싶은데."

"써. 원래 썼잖아."

"너 얘기를 적어 봐도 되나 해서."

"내 얘기?"

나는 웃었다. 그건 경현이가 위로하는 방식이었다.

"맘대로 해. 재미없을 텐데."

"괜찮아, 써보고 싶어서."

나는 고개를 끄덕였다. 이번에는 울어보려고 했다. 하지만 울음조차 나오지 않았다. 그래서 다시 웃었다. 그때 핏 웃음이 나왔다. 나는 유치한 웃음이었다.

경현이가 말했다.

"문예부에 가자."

"그래."

우리는 문예부로 향했다.

끝.

◆

'너의 어제를 노래하며'는 12년 전, 제가 전역 후 복학 후 쓴 장편소설입니다. 짐작하시다시피 이 소설은 저와 제 친구의 이야기입니다. 실제로 일어난 몇 가지 사건을 가져왔고, 주변 상황과 캐릭터의 성격은 많이 바꾸었습니다.

이 소설 역시 앞서 나온 책 '종말의 소년'처럼 몇 군데 공모전에 냈지만 떨어졌습니다. 생활비를 벌지 못한 아쉬움은 있었지만 대외적인 인정 여부는 제 관심 밖이었습니다. 친구에게 했던 말, 네 얘기를 쓰겠다는 약속을 지켰기 때문입니다. 친구와 멀어졌지만 약속은 남아, 스스로 지킬 약속으로 바뀌었습니다. 결국 약속을 지켰으니, 이 소설의 다음 행보는 제게 크게 중요하지 않았습니다.

제 청소년기를 재현하는 소설로 시작했지만, 재현을 넘어 정리하고자 하는 욕심을 담았습니다. 이야기를 진행하다보니 이 이야기의 적합한 주제를 발견했는데, '스스로의 유치함을 문득 알게 되는 순간'이었습니다. 이 주제가 소설에 잘 드러났는지 모르겠습니다.

주제를 보여주기만으로 이 소설은 끝이었는데, 출판사에서 에필로그를 적었으면 좋겠다고 제의해주셨습니다. 처음에는 내키지 않았으나 다시 마음을 바꾸어 보니 에필로그가 있는 편이 낫다고 판단했습니다. 여러 버전을 써보았으나 앞서 적은 소설의 흐름과 주제가 달라 그만 두었습니다.

흐름과 주제를 유지하며 에필로그의 내용을 담아 태인과 친구들의 뒷이야기를 추가하였습니다. '문득 스스로의 유치함을 깨닫는 순간'을 그대로 잇기 어려웠기에, '그 유치함이야말로 우리에게 소중한 가치다'라고 주제를 발전시켰습니다. 아마 에필로그를 제의해주지 않으셨다면 저 역시 쓸 생각도 하지 않았겠지요.

앞서 적었듯, 이 글은 오직 저를 위한 글이었습니다. 제가 꺼내지 않았으면 오직 제 데이터와 문서로만 존재할 글이었습니다. 그런 글이 독자 앞에 선보이는 상황은 무척 흥미롭습니다. 저는 '종말의 소년' 작가의 말에 이야기의 운명에 관해 적었습니다. 이야기의 운명을 말하자면, 이 소설은 앞선 '종말의 소년'보다 기이합니다.

너의 어제를 노래하며

이 글을 쓸 당시, 20대였던 저는 편입을 준비했습니다. 편입을 준비하기 전, 고등학교에 진학하는 내용까지만 적었습니다. 편입에 실패하고 결국 포기하고서는 나머지 부분을 적었습니다. 과장을 섞어, 반쯤 울면서 적은 듯합니다. 그러다보니 이 글은 저 자신을 위로하기 위한 수단이기도 했습니다.

제 20대는 실패와 우울, 가난과 불화의 연속이었습니다. 그러다보니 스물 넷, 겨울에 적었던 이 소설이 출판되는 상황이, 당시의 저를 인정받는 패자부활처럼 다가옵니다. 제가 다른 일을 알아보며 앞날을 걱정할 때 '그래도 한 번 더 도전해보라' 말씀해주신 남세오 작가님께 감사드립니다. 그리고 이 소설을 패자부활의 무대에 세워주시고 에필로그를 쓸 기회를 주신 모두의책 출판사에 감사를 드립니다.

소설에 나오는 친구와는 멀어져 어떻게 살고 있는지 모릅니다. 하지만 제겐 다른 친구들이 있습니다. 소설 앞에 나온 세 친구들입니다. 같은 기억을 공유하는 제 친구들, 그리고 제 경험이 익숙할 또래에게, 이 소설을 바칩니다.

너의 어제를 노래하며

1판 1쇄 발행 2023년 7월 17일

저 자 최참치(최경인)
발행인 이재은
편 집 정효순
디자인 장은진
제 작 모두의책
등록번호 제 25100-2015-000001호
주 소 대전광역시 중구 보문로 293, 2층
전 화 (042)223-1507 / FAX (042)716-1515
홈페이지 www.modubook.kr
E-mail modubook@modubook.kr

ISBN 979-11-92919-03-4 (03800)